AF282606

Renate Tibus

Der Tod geht uns alle an
Machen wir das Beste draus -
aber wie?

In Erinnerung an meinen Sohn

*Michael *1966 †2012*

FSC
www.fsc.org

MIX

Papier aus ver-
antwortungsvollen
Quellen

Paper from
responsible sources

FSC® C105338

Zur Autorin

Renate Tibus wurde 1948 als ‚Besatzungskind' in Bremerhaven geboren.

Schon als Jugendliche führte sie einen erbitterten Kampf um ihre Würde und Anerkennung. Geprägt durch ihr eigenes Schicksal als Inkognito-Pflegekind engagierte sie sich in der Selbsthilfegruppe *Schattenkind* in Bremen für Betroffene auf der ganzen Welt.

Seit 1994 arbeitete sie in einer Bremer Klinik für Kinder- und Jugendmedizin. 2005 kehrte sie nach Bremerhaven zurück und schrieb ihre Autobiografie mit dem Titel

„Meine Würde kriegt ihr nicht"

um zu zeigen, dass es lohnt, an sich zu glauben und gegen alle Widerstände für ein selbstbestimmtes Leben zu kämpfen. Das Buch erschien 2020 im BoD Verlag.

Ihr zweites Buch mit dem Titel
„Der Mensch an sich ist wunderbar, so mancher jedoch wunderlich"
erschien 2021 im Kellner Verlag und ist ein Mix aus erfrischend-heiteren Kurzgeschichten, Anekdoten und grotesken Erlebnissen aus unserem chaotischen Alltag.

Renate Tibus

Der Tod geht uns alle an

Machen wir das Beste draus -
aber wie?

Vorwort

Verehrte Leser,

fragen Sie sich, warum ich dieses Buch geschrieben habe und warum Sie es lesen sollten?

Ich sag's Ihnen.

Jeder Mensch verliert irgendwann irgendwo auf irgendeine Art und Weise irgendjemanden.

Jahre nach dem plötzlichen Tod meines Sohnes habe ich mich entschlossen, meine Erlebnisse, Erfahrungen, Gefühle, Gedanken, meine Meinungen und Erkenntnisse aufzuschreiben und Sie können mir glauben: Der Anfang dieses Buches war ein einziger Schmerz und jeder Buchstabe eine Träne.

Es heißt, nichts ist schlimmer, als sein Kind zu verlieren. Ja - der Verlust des eigenen Kindes, egal wie alt es ist, ist die grausamste Begegnung mit dem Tod.

Seit dem 21. Mai 2012 kann ich das bestätigen. An jenem Montagmorgen starb mein Sohn Michael ganz plötzlich und völlig unerwartet.

Er wurde nur 45 Jahre alt.

Egal, wie Sie verehrter Leser dazu stehen, es scheint unerlässlich, sich schon zu Lebzeiten mit dem Thema Tod zu beschäftigen, auch mit dem eigenen, denn keiner ist vor ihm sicher.

Noch drei Anmerkungen:

In diesem Buch gibt es keine Inhaltsangabe, sondern nur eine thematische Orientierungshilfe.

Ich gendere nicht, denn gendern wird nix ändern. Mir sind alle Menschen gleich wichtig.

Sollten Sie in meinem Werk den einen oder anderen natürlich unbeabsichtigten Fehler oder Unebenheit entdecken, betrachten Sie ihn einfach als meine künstlerische Freiheit.

Themenführung

Montag - 21. Mai 2012

Vormittags gegen 10 Uhr. Es klingelt.

Durch den Tür-Spion ist niemand zu sehen.

Ich nehme den Hörer der Klingelanlage ab.

„Ja bitte?"

Ich höre eine Männerstimme:

„Hier ist die Polizei, können Sie bitte öffnen?"

Blitzschnelle Gedanken schießen durch meinen Kopf. Vielleicht braucht ein Nachbar Hilfe. Hoffentlich ist nichts Schlimmes passiert…

Dieser Gedanke verfliegt blitzartig, als die Stimme die Frage nachschiebt:

„Können wir 'rauf kommen?"

Kurze Schrecksekunde - oder zwei, drei…

„Jaaa …"

1

sage ich etwas gedehnt,

„*... ganz nach oben in die sechste Etage bitte*"

und drücke auf den Türöffner. Meine anfängliche Verwunderung steigert sich. Unruhe macht sich in mir breit. Ich kann mir beim besten Willen nicht vorstellen, was das zu bedeuten hat. Da der Fahrstuhl des Hauses sehr gemächlich ist, habe ich einen Moment zum Nachzudenken.

Ein nächster Gedanke durchfährt mich: Meine drei Männer - meine Söhne Michael und Oliver und mein Lebensgefährte Klaus. *Was* ist passiert - und *wem*?

Keine Zeit mehr, darüber nachzudenken. Die Fahrstuhltür öffnet sich. Eine junge Polizistin und ein ebenso junger Polizist steigen aus. Ernste Gesichter.

„Dürfen wir hereinkommen?"

Ich gebe wieder ein zögerliches

„Jaaa …"

von mir. Nun stehen sie in meinem Flur und schauen sich um. Irgendetwas in ihren Gesichtern lässt mein Herz sofort schneller schlagen. Ich frage instinktiv:

„Muss ich mich hinsetzen?"

Der Polizist meint:

„Ja, es ist besser, wenn Sie sich setzen."

Das ist der Auslöser. Ich merke, dass meine Knie weicher werden. Ich gehe voran in's Wohnzimmer, nehme auf meinem Sofa Platz und fühle, wie unangenehm schnell mein Puls schlägt. Ich bin nicht in der Lage, eine Frage zu stellen. Meine Stimmbänder streiken und ich habe auch Angst vor der

Antwort. Die beiden Beamten setzen sich mir gegenüber.

„Haben Sie einen Sohn, Michael Tibus?"

Es ist grotesk, doch gerade jetzt blitzt der Gedanke an die Krimi-Serie TATORT durch meinen Kopf.

„Jaaa…"

Innerlich beginne ich zu zittern, denke an einen Autounfall und hoffe, dass nur der Wagen kaputt ist. Aber wenn schon die Polizei in's Haus kommt, **muss** es schlimmer sein. Mein Gefühl ist richtig, es kommt schlimmer. Ich höre ich den Polizisten sagen:

„Ihr Sohn Michael ist heute Morgen verstorben."

Mein Herz setzt einen Moment lang aus bevor es anfängt zu rasen. Ich atme schneller und halte mich an meinen eigenen Händen fest.

Ein Schwert fährt durch meinen Körper, trifft jede Faser meines Herzens und ich spüre ein unangenehmes Sausen in meinem Kopf. Steinschlag in den Ohren. Eine Falltür öffnet sich und ein überdimensional großer Krater scheint mich zu verschlucken. Die Welt bleibt stehen. Der Kopf ist denkunfähig, das Gehör setzt aus - Totenstille im eigenen Körper. Die Worte der Polizistin sehe ich nur. Zeit und Raum treten in den Hintergrund.

Es ist schwierig, Worte zu finden, die meine Gedanken, Gefühle und meinen Zustand in diesem Moment der schrecklichen Wahrheit beschreiben. Es ist eine wilde, unkontrollierbare und schmerzhafte Mischung aus Unglauben, Fassungslosigkeit, Schmerz, Ver-

zweiflung, Sprachlosigkeit und Übel-
keit.

„… neinneinnein"

höre ich mich unentwegt sagen und
schüttele immerzu den Kopf. Alles an
mir zittert und ich kann nicht damit
aufhören. Tränen schießen mir in die
Augen. Ich beginne zu frieren, wie immer in einer Extremsituation. Mein
Magen fährt Fahrstuhl. Die Polizistin
setzt sich zu mir auf's Sofa und fasst
meinen Arm.

„Es tut uns so leid",

sagt sie sehr leise.

Ich höre mich flüstern:

„Was ist denn passiert?"

„Herzinfarkt",

höre ich sie ebenfalls flüstern.

Ich kann das gar nicht glauben. Wir haben uns doch noch vor ein paar Tagen gesehen. Mein Sohn besuchte mich zu Hause und wirkte gar nicht krank. Wir tranken Kaffee, unterhielten uns und er fuhr mich anschließend zu meiner Dienstbesprechung. Im Auto lief eine tolle Musik-CD mit seiner Lieblingsinterpretin. Zum Abschied schenkte er sie mir, weil auch ich so begeistert war. Ich habe sie noch ein einziges Mal nach Michaels Tod angehört, mehr schaffe ich nicht - bis heute.

Vor drei Tagen noch haben wir telefoniert, wollten uns genau heute Nachmittag in meinem Garten treffen.

Hätte ich gewusst, dass ich ihn nie wieder sehen würde…

Hätte ich gewusst, dass ich nie wieder seine Stimme hören würde…

Hätte ich das alles geahnt...

- ja, und was dann?

Der Polizist wiederholt:

„Doch, Ihr Sohn hatte einen Herzinfarkt. Er ist heute früh auf der Arbeit im Aufenthaltsraum zusammengebrochen. Der Notarzt sagte uns, es sei ein Zehnsekundentod gewesen."

Eine Frage ploppt in mir auf: Woher weiß er das so genau? Er war doch gar nicht dabei. Soll mich das nur beruhigen? Im Moment beruhigt mich gar nichts. Ich sitze wie versteinert da, versuche nur, zu begreifen, meine Gedanken zu ordnen. Doch die Tragweite ist so groß, dass sie sich immer wieder verlieren. Sie bleiben nicht bei mir. Sie befinden sich gerade in einem hochtourigen Schleudergang und lassen sich nicht stoppen. Tsunamie im Kopf.

Die Polizistin fragt vorsichtig:

„Sollen wir jemanden anrufen?"

Ich flüstere:

„Nein danke, das mache ich selbst."

Die beiden Beamten schauen einander an und scheinen etwas ratlos. Vielleicht haben sie eine andere Reaktion erwartet? Schreien, Ohnmacht? Bei mir tut sich im Moment nichts dergleichen. Ich bin geradezu erstarrt gleich einem Eiszapfen, sitze immer noch auf dem gleichen Platz. Die Polizisten erheben sich langsam nacheinander. Es kommt mir vor wie in Zeitlupe und ich höre sie sagen:

„Frau Tibus, wir gehen dann. Wir kommen in ein bis zwei Stunden noch einmal wieder wegen der Wohnungsschlüssel ihres Soh-

nes. Unsere Kollegen sind gerade dort und sehen nach dem Rechten. Holen Sie sich bitte Hilfe. Wir können Ihnen Adressen geben. Können wir Sie jetzt allein lassen?"

Diese unfassbare Nachricht legt sich wie eine Bleidecke über mich und diese Last verteilt sich in meinem gesamten Körper. Alles ist in Mitleidenschaft gezogen - ausnahmslos.

Ich sitze da und fühle, wie langsam in mir das Licht ausgeht.

Meine Seele verfinstert sich.

Die Welt hat keine Farbe mehr.

Eine unerträgliche Wartezeit beginnt und erste ‚klare` Gedanken formen sich: Sind Michaels Fenster geschlossen? Ist der Herd ausgestellt? Ach ja, die Polizei schaut ja gerade nach. Das beruhigt mich etwas. Was muss *ich* jetzt tun? Was muss ich *jetzt* tun? Termine absagen! Den Tag umstrukturieren. Sobald ich Michaels Wohnungsschlüssel in den Händen habe, will ich sofort dahin.

Ich möchte irgendwie in seiner Nähe sein. Ja, ich weiß, er wird nicht zu Hause sein, nie mehr, aber seine Sachen kann ich anfassen, kann mich auf sein Sofa setzen und versuchen, seine Gegenwart zu spüren und sie auf mich wirken lassen. Meine Gedanken und Gefühle einfangen. Er war doch vor ein paar Stunden noch richtig anwesend.

Wenn ich doch nur schon dort wäre …

Ich muss unbedingt meinen jüngeren Sohn Oliver anrufen. Er ist auf der Arbeit und hat hoffentlich sein Handy an. Versuche es wieder und wieder. Er nimmt nicht ab. Mein Lebensgefährte Klaus ist beim Golfen. Ihn kann ich nicht anrufen. Handy ist während des Spiels dort nicht gern gesehen. Außerdem wäre es nicht sehr klug, ihm diese schreckliche Nachricht gerade jetzt mitzuteilen. Er hat einen langen Heimweg mit dem Auto vor sich.
Habe Oliver inzwischen über telefonische Umwege erreicht. Sein Kollege wird ihn zu mir fahren.
Währenddessen laufe ich durch meine Wohnung auf und ab, hin und her - und warte. Was denke ich?

Gar nichts. Ich zittere immer noch und mir ist so kalt.

Es klingelt. Es sind die beiden Polizisten. Sie überreichen mir Michael's Schlüsselbund. Noch ein kurzer Wortwechsel und einige Fragen. Habe keine genaue Erinnerung mehr daran. Dann bin ich wieder allein - und warte.

Es klingelt wieder. Olivers Gesicht wirkt fahl. Er ist im wahrsten Sinne des Wortes sprachlos. Wir weinen und können nicht aufhören. Ich weine wie nie zuvor in meinem Leben. Meine Tränendrüsen leisten Schwerstarbeit. Wir reden nicht viel. Was auch?
Wir versuchen, zu begreifen.
Gemeinsam beschließen wir, dass er wieder zur Arbeit fährt. Er kann ja auch nichts weiter tun. Er braucht Ablen-

kung. Für mich gibt es jetzt viel zu tun. So langsam dämmert es mir. Mich erwartet ein Aufgabenmarathon. Vieles duldet keinen Aufschub. Ich versuche, klar und organisiert zu denken.

Michael's Wohnung - ich muss dahin, jetzt, sofort. Ich möchte fliegen. Geht natürlich nicht. Muss mein Rad nehmen. Fahre den Weg wie in Trance. Nehme den Straßenverkehr kaum wahr. Bin trotzdem heil angekommen. Ich stehe vor seiner Wohnungstür, suche nach dem passenden Schlüssel, mag gar nicht aufschließen.
Herzrasen. Stehe nun doch endlich im Flur, gehe ganz langsam weiter von Zimmer zu Zimmer. Bin innerlich erschöpft und muss mich setzen. Mein Blick fällt in den Garten und ich

erinnere mich an meinen letzten Besuch. Wir saßen auf dem Balkon und freuten uns über das schöne Wetter und Michael machte Pläne über seine anstehende Gartengestaltung und ein nahendes Grillfest.

Ich versuche, in die Gegenwart zurück zu kehren und wieder an all die Aufgaben zu denken, die jetzt auf mich zu kommen.

Es klingelt. Erschrocken fahre ich vom Sofa hoch. Wer weiß denn, dass ich hier bin? Ich öffne vorsichtig die Wohnungstür. Ein junger Mann steht vor mir und stellt sich als Michael's Nachbar aus dem Nebeneingang vor.

Er sieht mich fragend an.

„Ich bin Michaels Mutter, mein Sohn ist heute Morgen gestorben",

höre ich mich sagen und blicke in ein fassungsloses Gesicht.

„Ich hatte mich schon gewundert",

meint er.

„Als ich heute Nacht um vier Uhr zur Arbeit gehen wollte, kam ich wie immer an seinem Schlafzimmerfenster vorbei und es brannte Licht. Das war ungewöhnlich. Er steht doch immer erst gegen sechs Uhr auf - äh - stand... stand auf."

wiederholt er kopfschüttelnd.

Sitze wieder auf dem Sofa. Bin geistig irgendwie gelähmt, kann gar nicht logisch denken. Was muss ich denn jetzt tun? Was ist wichtig? Ach ja, Papiere. Unterlagen sind immer wichtig. Die Schränke meines Sohnes zu durchsuchen, alles irgendwie 'durchzuwühlen' ist eine Qual.

Wer mich kennt und auch mein erstes Buch gelesen hat, weiß: Ich brauche immer eine Orientierungsliste. Sie gibt mir Durchblick und Halt, ist wie ein roter Faden in meiner Gedankenwelt und gerade jetzt brauche ich sie dringender denn je.

Michael's Ordner erinnern mich an weitere Aufgaben: Unterlagen und Ämter - untrennbar miteinander verbunden. Vermieter, Versicherungen, Banken, Kündigungen, endlos viele Telefonate und immer wieder muss ich den fürchterlichen Satz sagen:

„Mein Sohn ist gestorben…"

Das zermürbt mich. Ich bereite mich innerlich auf jedes Gespräch vor. Hilft mir nicht. Meine Stimme hört nicht auf zu zittern, der Kloß im Hals bleibt. Ich bin froh, dass vieles mit nur einem einzigen Telefonat erledigt ist. Zwei immer wiederkehrende Sätze der Gesprächsteilnehmer sind mir dabei hängen geblieben:

„…dann streich' ich ihn mal…"

und

„…dann lösche ich ihn mal…"

Das tut mir nicht gut. Das schmerzt. Mein Sohn verschwindet mit jedem dieser Sätze immer mehr.

Es ist Abend geworden. Die Nacht naht. Ich habe Angst vor ihr. Ich weiß genau, dass ich nicht schlafen kann. Die Grübelfalle macht ihr weites Maul auf und verschlingt mich, fährt erbarmungslos Karussel mit mir und ich kann nicht absteigen. Ich wälze mich herum und mein Hirn arbeitet im Akkord. Viele Aufgaben müssen zeitgleich und zeitnah erledigt werden. Da bleibt keine Zeit für langes Nachdenken. Ich bin in einem Ausnahmezustand, muss trotzdem logisch denken und rational funktionieren. Das reißt mich für kurze Zeit aus der Schmerzspirale.

Irgendwie erreiche ich den nächsten Morgen. Mein erster Gedanke: Eine Todesmitteilung muss in die Zeitung. Nicht einfach, in meinem Zustand einen Text zu formulieren. Und wie soll sie gestaltet sein? Mit Foto oder ohne? Das ist kaum auszuhalten und auf die Schnelle eine endgültige Entscheidung treffen zu müssen, zerrt an meinen Nerven. Die Mitarbeiterin hilft mir mit einem Katalog voller vorgedruckter Beispieltexte, doch kaum einer scheint das zu treffen, was ich ausdrücken möchte. Ich blättere hin und her und komme mir vor, als suchte ich etwas im Versandkatalog aus. Ich entscheide mich für:

Seht Ihr die Wellen am Deich vorüberziehen?
Schaut ihnen zu und denkt an mich.
Das Leben ist nur geliehen,
und eine Welle, die bin ich.

Nun haben es alle erfahren. Freunde und Bekannte rufen an. Alle sind sprachlos und möchten wissen, wie das passieren konnte. Die schwersten Telefonate meines Lebens.

Ein paar Tage später fallen mir Trauerkarten pfundweise aus dem Briefkasten entgegen. Ich bin tief berührt über die große Anteilnahme.

Ein Nachbar, der es noch nicht zu wissen scheint, meint:

„So viel Post möchte ich auch einmal bekommen."

Ich antworte:

„Nein, das möchten Sie nicht."

Es war unausweichlich, mich beim Schreiben dieses Buches erneut mit den Karten auseinander zu setzen. Es war das dritte Mal seit 2012 und es war sehr schwer. Auf manchen Umschlägen stand:

An das Trauerhaus…

Das hatte ich so noch nie gelesen und es machte etwas mit mir. Es schlich sich ganz leise ein beklemmendes Gefühl ein. ICH war das Trauerhaus.

Ja, ich habe jede einzelne Karte noch einmal intensiv gelesen und wieder verinnerlicht, welch wunderbare, emotionale Sprüche und auch persönlich verfasste Texte geschrieben wurden. Das hat mein Herz erfreut. Ich habe mich von all den Umschlägen befreit, aber nicht von den Karten selbst. Durch sie empfinde ich heute noch so etwas wie Verbundenheit zu den Absendern.

Sehr spannend finde ich tatsächlich den Ursprung der Todesmitteilungen. Er begann schon im frühen Mittelalter so um das 6. Jahrhundert herum in den Klöstern und endete in dieser Form ungefähr in der Mitte des 11. Jahrhunderts. Die Übermittlungen der Todesnachrichten wurden zu der Zeit von speziellen Boten - den 'Rotularii' - mit einer sogenannten Totenrotel von Kloster zu Kloster überbracht. So nannte man die Pergamentrolle, die um einen hölzernen Stab gewickelt wurde. Diese Nachrichten enthielten den Todesfall und die Bitte um Gebete für die Verstorbenen.

Innerhalb des gemeinen Volkes jedoch war der ,Leichenbitter' - zumeist ein Mann mit einem langen schwarzen Rock, Zylinder und Trauerflor gekleidet - der Überbringer der Botschaft. Er ging im Dorf von Hof zu Hof, in der Stadt von Haus zu Haus oder mit einer bestimmen Adressenliste von Tür zu Tür, oder er klopfte mit seinem Stock an Fensterläden, um im Namen der Hinterbliebenen den Tod kund zu tun und zum Begräbnis einzuladen. Aber auf keinen Fall bat man ihn herein.

Der Tod sollte nicht ins Haus hineinkommen. Für seinen Dienst erhielt er eine Münze oder etwas Brot.

Im Grunde ist die Dienstleistung des heutigen Bestatters die des früheren Leichenbitters ähnlich, natürlich der Zeit entsprechend angepasst.

Der Begriff *Leichenbitter* wird in der Literatur 1691 zum ersten Mal erwähnt und war bis ins 19. Jahrhundert hinein sogar ein öffentliches Amt.

Das Wortteil *...bitter* ist hier keine Geschmacksäußerung, sondern signalisiert das Bitten.

Ich selbst erinnere mich aus meiner Kindheit tatsächlich an solche ‚Botschafter' des Todes. In dem Dorf meiner Großeltern gab es diesen Brauch. Der Tod eines Bewohners, auch aus den Nachbardörfern, wurde so überbracht:

Der Überbringer hatte eine große Karte oder einen Brief dabei und verlas den Text draußen stehend vor unserer großen Dielentür. Die ganze Familie stand in respektvoller Entfernung innerhalb der Diele. Danach wurde ihm als Dank und auch für die weitere Bewältigung des Weges etwas Essbares und Wasser überreicht.

Die Trauerkarte in ihrer heutigen Form hielt auch im 19. Jahrhundert ihren Einzug und wurde zunächst nur in höheren Kreisen verwendet. Im Laufe der Zeit verbreitete sich dieser Brauch aber auch in allen Gesellschaftsschichten. Meist war die Karte schlicht gehalten, oft mit einem Kreuz oder sonstigen religiösen Symbolen verziert.

Die Einführung der Lithografie als Druckverfahren ermöglichte nun ganz neue Designs. Schwarze Ränder, weitere Trauersymbole, sowie verschiedene Schriftarten und gedruckte Texte markierten einen Wendepunkt in ihrer Geschichte.

Die persönliche Trauerkarte ist jedoch weit mehr als nur ein Stück Papier. Es steckt ein tiefer Sinn in ihr. Mitgefühl und Zuspruch werden ausgedrückt und sollen den Hinterbliebenen Trost spenden. Jede Karte ist ein Zeichen der Anteilnahme.

Heute werden oft vorgefertigten Texte genutzt, drunter steht dann manchmal auch nur ein hingekritzelter Name. Warum?

Dafür gibt es sicher mehrere Gründe und ich komme an dieser Stelle an einer kleinen Kritik nicht vorbei:

Man muss oder möchte nicht nachdenken, sich nicht mit der verstorbenen Person bzw. den Hinterbliebenen und deren Gefühlen auseinandersetzen.

Man möchte allerdings auch nicht NICHTS tun. Es besteht ja durchaus die Gefahr, ihnen irgendwann zu begegnen…

Ich verstehe allerding, dass es einem Absender oft sehr schwerfällt, die persönliche Anteilnahme in eigene Worte zu fassen.

Trotz des Wandels der Zeit hat der Sinn der Trauerkarte nicht an Bedeutung verloren, die Art der Überbringung hat sich jedoch stark verändert. Oft bekommt man keine Karte mehr

zum Anfassen, keine schöne Hand-
schrift ziert das Blatt. Nichts, was man
in eine nette Erinnerungskiste legen
könnte, um es bei Bedarf wieder hervor
zu holen.

Heute kann man seine Gedanken und
Gefühle mit elektronischen Karten ver-
senden, auf virtuellen Friedhöfen
Einträge hinterlassen oder jemanden
digital umarmen. Doch wo bleibt dann
gerade in dieser so sensiblen Situation
der persönliche Kontakt und das doch
am meisten geschätzte Wort:

Das Gesprochene.

Ja - auch bei meinem Sohn haben
mich die digitalen Einträge mit ihren
Texten und Kerzen berührt, doch bei
manchen frage ich mich heute noch,

wer könnte sie wohl verfasst haben. Spitznamen oder Kürzel helfen mir da nicht weiter. Schade ...

Natürlich begegnete ich auch Menschen, die mir ihr Mitgefühl persönlich aussprachen. Sie stellten sich dieser nicht einfachen Situation. Das tat mir gut und verlangte mir Respekt ab. Es war für sie sicher nicht einfach, passende und tröstliche Worte zu finden, schon gar nicht unvorbereitet, zum Beispiel im Supermarkt oder an der Bushaltestelle.

Doch ich hörte leider auch Sätze wie:

„Die Zeit heilt alle Wunden."

Das hat sie bei mir bis heute nicht geschafft, oder

„Tja - der Tod gehört zum Leben."

Das fühle ich anders. Die eine Zeit ist

das Leben und die andere Zeit ist der Tod. Beides steht für sich, denn mit dem Tod endet das Leben. Beides zusammen geht doch nicht.

Die für mich schlimmste Bemerkung aber war:

„Nach gewisser Zeit bist Du drüber weg."

Das hat mich so getroffen, dass ich reagieren musste.

„Was meinst Du damit? Über was genau werde ich weg sein?"

Überraschung auf dem Gesicht mir gegenüber - und zunächst Schweigen.

Der Versuch einer Antwort gipfelte in:

„Na ja, ich meine ja nur…"

Das reichte mir nicht.

„Was meinst Du denn?"

Ich konnte einfach nicht aufhören.

„Meinst Du, ich würde oder könnte meinen Sohn irgendwann vergessen?"

„Neinnein, ich meine nur - ach ich weiß
auch nicht genau, ich meine nur, dass - ach,
ich weiß auch nicht, was ich sagen soll."

DAS - verehrte Leser - ist genau der
Punkt, der mir inzwischen sehr wichtig
geworden ist und auch ein weiterer
Grund, weshalb ich dieses Buch geschrieben habe:
Der allgemeine Umgang mit den Trauernden. Da ist hier in deutschen Landen noch gewaltig Luft nach oben. Natürlich meinen es alle Menschen um
einem herum gut, wollen irgendwie
helfen und trösten. Ich unterstelle
wirklich niemandem eine gleichgültige
Absicht. Auch nicht der Person, die
meinte, ich käme irgendwann 'drüber
weg'.

Es ist nur so:

Den meisten Menschen fällt es schwer, mit den Zurückgebliebenen zu sprechen, die ‚richtigen' Worte zu finden. Ja, das **ist** auch schwierig und noch schwieriger wird es, wenn es um Kinder geht - egal, wie jung oder alt sie sind. Es gibt auch nicht **den** einen richtigen Satz.

Allerdings scheint es mir aber falsch, ja geradezu schmerzhaft, etwas gesagt zu bekommen, nur um etwas zu sagen. Dann doch lieber nur ein Händeruck, ein verstehender Blick, ein *Es tut mir sehr leid* oder Ähnliches, aber bitte kein *Wird schon wieder* oder *Du schaffst das schon* und bitte schon gar kein *Ich weiß, wie Du Dich fühlst*

Das sollten wirklich nur jene sagen, die das Gleiche erlebt haben. Niemand sonst kann nachempfinden, wie man sich in einer solchen Situation fühlt. Man kann es höchstenfalls erahnen.

Schlimm ist es auch, wenn sich Menschen aus Angst, nicht die passenden Worte zu finden, komplett entfernen. Leider habe ich auf diese Art eine ehemalige liebe Arbeitskollegin und Freundin verloren. Als mein Klaus sie einmal zufällig traf, fragte sie ihn, wie es mir ginge.

Er meinte:

„Ruf' sie doch mal an und frag' sie selbst", woraufhin sie antwortete:

„Das kann ich nicht. Ich weiß nicht, was ich sagen soll."

Ich habe nie wieder etwas von ihr gehört. Wie schade!

Ich kann die Unsicherheit der Menschen verstehen. Viele möchten gern etwas Gutes, Hilfreiches, Tröstendes sagen, doch es fehlen die Worte. Einige ziehen sich deshalb lieber zurück und haben vielleicht sogar ein schlechtes Gewissen. Das muss aber gar nicht sein. Man darf durchaus auch sagen:

… mir fehlen die Worte…

Das wäre eine ehrliche Aussage und ist für die Betroffenen sehr nachvollziehbar.

Es ist Zeit für die Vorbereitung des Abschieds. Das Wort Trauer *f e i e r* hat mir in diesem Zusammenhang noch nie gefallen. Ich bevorzuge stattdessen das Wort *Abschied*, denn genau das ist es doch: Ein *Aufnimmerwiedersehenabschiedstreffen.*

Man feiert doch nicht den Tod, sondern betrauert den Verlust und beweint den

Tod eines Menschen. Sonst nichts.

Nun muss ich mich für ein Bestattungsinstitut entscheiden. Bin ratlos. Nach welchen Kriterien soll ich es aussuchen? Ich kann doch jetzt keine Vergleiche anstellen wie mit einem Autohaus. Freunde helfen mir. Mundpropaganda hilft.

Die Entscheidungen werden immer beschwerlicher. Da sitze ich nun im Institut vor Katalogen mit Särgen, Wäsche und Urnen. Muss entscheiden, was mein Sohn im Sarg tragen soll. Ein weißes Totenhemd? Das würde ihm nicht gefallen. Da war ich mir sicher. Also stelle ich mich immer wieder vor seinen Schrank und wähle mal dies, mal das, dann wieder was anderes. Viele Fragen tun sich auf.

Wie soll er gebettet werden? Welches Kissen und welche Decke? Mit Spitze oder ohne? Mein Michael war für mich ganz sicher ein Spitzentyp, aber auf keinen Fall ein Typ für Spitzen.

Die schwerste aller Entscheidungen aber ist:

Möchte ich mein Kind noch einmal sehen? Diese Frage zerreißt mich! Möchte ich ihn wirklich tot sehen oder ihn lebend im Gedächtnis behalten?

Ich entscheide mich dreimal um, bekomme vom Bestatter etwas Druck wegen der allmählich einsetzenden äußerlichen Veränderung und beschließe letztendlich - ihn nicht mehr zu sehen.

Verehrte Leser, das mag bei vielen von Ihnen sicher auf Überraschung,

Unverständnis oder Kopfschütteln, vielleicht sogar Entsetzen stoßen - und ja, auch ich habe es lange als Verrat an meinen Sohn empfunden und diese Entscheidung verursacht in mir auch heute noch ein Schuldgefühl.

Er möge mir verzeihen, aber ich wäre daran zerbrochen, jeden Abend mit dem Anblick seines toten Antlitzes zu Bett gehen zu müssen und auch jeden Morgen damit aufzuwachen. Ich wollte sein Gesicht lebend und lachend in Erinnerung behalten und das ist mir bis heute gut gelungen und genau das tut mir auch gut.

Habe nun ein Foto mit seinem lächelnden Portrait, ein vom Bremerhavener Künstler Ulrich Keller gemaltes Bild der „MS Geestemünde", mit der wir

Michael 'zu Wasser gelassen haben', einem Foto der Urnenumkreisung und einiges mehr in einem beleuchteten Rahmen. Er steht präsent auf einem Regal im Wohnzimmer. Dies ist mein ganz eigener und naher Trauer*ort*. Un*ser* Treffpunkt für ein tägliches - wenn auch sehr einseitiges - *„Guten Morgen"* und *„Gute Nacht"* oder einen stillen Gedankenaustausch. Anfänglich war es für mich auch sehr merkwürdig, mit einem Foto zu sprechen, doch heute kann ich es ohne Probleme - und das tut mir gut.

Michael wollte eine Seebestattung. Dieses Wissen bescherte mir ein Gespräch ungefähr ein Jahr zuvor. Ich sprach mit ihm über *meinen* Bestattungswunsch, als er mir sagte, dass er *zu Wasser gelassen* werden möchte. So drückte er es aus.

Noch heute bin ich froh, dass ich dieses Thema angeschnitten habe. So geschah alles in seinem Sinne und das half mir. Vielleicht, liebe Leser, merken Sie gerade jetzt, wie wichtig es ist, sich mit diesem Thema auseinander zu setzen, für sich selbst, aber auch für jene, die zurückbleiben und die wie ich ganz unvorbereitet, unter Zeitdruck und in Schockstarre viele wichtige Entscheidungen treffen müssen.

Meine erste direkte Erfahrung mit einem Verstorbenen war der Tod meines Großvaters als ich noch klein war, so ungefähr fünf Jahre alt. Er lebte wie schon erwähnt in einem kleinen Dorf. Man sagte mir, er sei eingeschlafen. Ich war verwundert über diese Bemerkung. Das war doch nichts Besonderes. Opa hielt regelmäßig sein Mittagsschläfchen auf dem Sofa und wehe, jemand würde es wagen, ihn zu stören und abends gingen doch sowieso alle Menschen schlafen. Also, was bedeutete das nun? Ich wusste noch nicht, dass dieses Wort eine Umschreibung für *verstorben* ist. Normalerweise bedeutet *einschlafen* doch gerade für ein Kind: Einzuschlafen, weil man müde ist, um dann später wieder fit und möglichst munter aufzuwachen.

Doch da gibt es noch das andere, *endgültige* Einschlafen. Es bedeutet, tot zu sein, nie wieder aufzuwachen, jedenfalls nicht an diesem Ort, auf dieser Welt. Vielleicht an einem anderen Ort, doch das ist reine Spekulation.

Als Kind erzählte man mir häufig, dass jemand eingeschlafen sei und ich fand den Tonfall und Gesichtsausdruck dabei immer merkwürdig.

Woher kommt nun eigentlich diese Umschreibung und soll man dieses Wort wirklich benutzen? Da wird Sterben doch geschönt, in ein falsches Licht gerückt, aufgeweicht und für kleinere Kinder ist es ganz sicher missverständlich und auch unlogisch. Der Tote wacht ja nie wieder auf. So wäre es doch viel sinnhafter, gleich das wahre Wort zu nutzen, den wahren Umstand zu erklären. Natürlich immer altersentsprechend.

Unsere deutsche Sprache ist wunderbar, aber auch irreführend, wenn man sie falsch setzt. Wir dürfen nie außer

Acht lassen, dass Sprache unsere Wahrnehmung und unser Verständnis beeinflusst und in falsche Denkrichtungen leiten kann.

Stellen Sie sich vor, dass jemand einem Kind erklärt:

„Die Mama ist jetzt im Himmel."

Diese Formulierung kann sich zu einem Drama entwickeln, wenn ein verzweifeltes Kind der Mutter folgen möchte und sich dann auch in den Himmel wünscht. Man darf das logische Denken der Kleinen nicht unterschätzen!

Während meiner Zeit als Kinderkrankenschwester erlebte ich folgendes dramatisches Ereignis:

Die etwas ältere Schwester eines vierjährigen Jungen war verstorben. Genau dies zu formulieren ging über die Kraft der Familie und entgegen aller guten Ratschläge der Ärzte erzählten sie dem Bruder, sie sei in einer Erholungskur. Welch eine Falle. Wie lange soll denn diese Kur dauern? *Wann* und vor allem *wie* wollten sie denn zur Wahrheit übergehen und würde ihnen diese Lüge, wenn der Junge älter ist, nicht irgendwann mal zum Verhängnis? Das *klingt* nicht nur dramatisch, das *ist* dramatisch.

Ich möchte Sie, liebe Leser, ermutigen, altersgemäß mit Kindern eine klare und unmissverständliche Sprache zu sprechen und dann zu versuchen, einen nicht so fernen irdischen Platz für die verstorbene Person zu finden - zusammen mit den Kindern.

Geben Sie der Trauer einen Ort. Das kann zum Beispiel der Lieblingsort der Verstorbenen sein oder aber auch der Unfallort - *der* Ort der letzten Minuten in ihrem Leben. Wenn es aber unbedingt der Himmel sein muss, kann man zum Beispiel Briefe, Wünsche, Fotos, Botschaften oder von den Kindern gemalte Bilder an mit Gas gefüllte Luftballons befestigen und für die Verstorbenen in den Himmel steigen lassen."

Es gibt inzwischen auch so viele technische Möglichkeiten mit denen man Erinnerungen - sogar sichtbar - festhalten kann. Beziehen Sie die Kinder mit ein, dann wird das Schwere vielleicht für alle leichter. Bleiben Sie aber an der Realität. Kinder verstehen das - auch in ihrer eigenen Trauer

Ich selbst sehe Opa heute noch im Sarg liegen. Er war im Wohnzimmer - in der sogenannten guten Stube - aufgebahrt, eingekleidet mit einem schwarzen Anzug und weißem Hemd. Er hatte keine Schuhe über den schwarzen Strümpfen. Ich dachte, man hätte vergessen, sie ihm anzuziehen oder sie sollten vielleicht die blütenweiße Sargwäsche nicht verschmutzen, traute mich aber nicht, zu fragen. Ich fand meine eigene Erklärung: Er brauchte sie nicht mehr. Er würde ja nie mehr laufen.

Opa wirkte blass und sein Gesicht war irgendwie dünner und die Nase länger. Sein Sarg stand unter dem Fenster. Es war kalt im Raum. Ein Fensterflügel stand offen. Später sagte man mir, dass er geöffnet wurde, damit Opa's Seele den Weg in den Himmel findet. Seelen haben ihre eigene Welt.

Früher war es Brauch, Verstorbene in frischen Kleidern zu bestatten und das sogenannte Totenhemd war oft schon lange vorher im Besitz eines Menschen. Manchmal war es bereits Teil der Aussteuer oder gar ein Hochzeitsgeschenk. Der Gedanke an den Tod fügte sich damit tatsächlich ins reale Leben ein, machte ihn bewusst.

Aus einem Aberglauben heraus hat sich unter anderem auch der Brauch entwickelt, den Toten den Mund und die Augen zu schließen. So sollten sie zur Ruhe kommen und vor allem nicht als ‚Wiedergänger' mit den Hinterbliebenen in Kontakt treten.
Heute schließt man, egal in welcher Re-

ligion, dem Verstorbenen Augen und Mund als Zeichen des Respekts und um ihm ein würdevolles Aussehen zu geben.

Ich brauche einen *Abschieds*redner- *er* braucht Informationen.

Wer war mein Sohn? Wie war er? Was machte er beruflich? Welche Musik mochte er? Welche Hobbys hatte er? Woran ist er gestorben?

Eine Abschiedsrede soll das Leben und Wirken des Verstorbenen noch einmal vorstellen und dunter anderem eine bleibende Erinnerung für Familie, Freunde und Bekannte sein. Sie muss nun aber nicht unbedingt mit der Kindergartenzeit beginnen.

Ich entscheide mich für eine Gegenwartsrede, eben für das Aktuelle in Michael's Leben.

Während ich auf die Einäscherung warte, steht mir eine weitere schwere Aufgabe bevor. Ich muss seine Wohnung ausräumen. Mein Blick fällt auf all die Bücher, die Bilder und alles, was meinem Sohn einmal wichtig war und ihm ein Zuhause geboten hat. Ich finde keine Worte für das Gefühl, mit ansehen zu müssen, wie der Container kommt und alles in sich hineinfrisst. Stück für Stück verschwindet Michael's ‚Dagewesensein'.
Stück für Stück verabschiedet er sich. Zurück bleibt eine große Leere - in den Räumen und in meinem Herzen.

Der Tag des Abschieds. Jeder, der genau solch einen Tag schon einmal erlebt hat, weiß, wie es mir damals erging und das ist kaum mit Worten zu beschreiben.

Mein jüngerer Sohn, mein Lebensgefährte und ich sitzen im Warteraum des Institutes. Man lässt uns Zeit, uns zu sammeln. Mein Kopf ist leergefegt. Ich denke nichts, ich weiß nicht, was ich fühle, ich bin irgendwie - woanders. Von Weitem höre ich:

„Sind Sie soweit? Können wir beginnen?"

NEIN! Ich bin nicht so weit. Ich will nicht…

Wir betreten den Abschiedsraum. Meine Beine fühlen sich gummihaft an. Der Gang bis zur Urne scheint endlos. Ich höre und sehe schemenhaft, wie sich alle Anwesenden links und rechts erheben.

Da stehe ich nun vor der Urne. Ich weiß nicht, wie lange ich mich noch gerade halten kann. Ein Meer von Gefühlen umgibt mich, begleitet von leiser Hintergrundmusik. Sie verstärkt meinen Schmerz geradezu. Ich weiß heute nicht mehr, was ich gedacht habe, ob ich überhaupt etwas gedacht habe. Ich glaube, manche Momente sind einfach so an mir vorbeigezogen, doch ich erinnere mich noch zum Teil an die Abschiedsrede.

Der Trauerredner beginnt mit den Worten:

„Die Erinnerung ist ein Fenster, durch das wir Michael sehen können, wann immer wir wollen."

Ich habe darum gebeten, meinen Sohn immer beim Vornamen zu nennen. Das klingt nicht so befremdlich wie
Herr Tibus…
Einige Sätze später:
„Der Tod ist sicher, nicht aber seine Stunde."
Genauso war es. Keiner hatte diesen so plötzlichen Tod nahen sehen. Der Gedanke daran war bei jedem, der ihn kannte, Lichtjahre entfernt.

Mein Sohn war noch so jung, stand mitten im Leben. Wie konnte das passieren und - warum?
Ja, er war ein workerholic. Das Vorrangigste für ihn war seine Arbeit beim ‚Förderwerk Bremerhaven'.
Als Vorarbeiter in der Stadtraumpflege arbeitete er mit Benachteiligten, Lang-

zeitarbeitslosen, mit Menschen mit Handicaps und geflüchteten Menschen. Jeder einzelne war ihm wichtig und er half jedem, der sich an ihn wandte. Ja, er war allzeit bereit für andere, nur nicht für sich. Vielleicht war das der Anfang vom Ende - nicht auf sich und seinen Körper, auf die warnenden Signale zu achten. Da hatte der Herzinfarkt ein leichtes Spiel.

Ich bin wieder anwesend und höre die Worte:

„Die Trauer ist ein übermächtiges, gewaltiges Gefühl, ein übermächtiger, gewaltiger Schmerz ..."

Ja, genau das fühle ich gerade und denke:

Wie schaffe ich es, ohne meinen Sohn zu leben, nicht zu zerbrechen? Wie geht mein

Leben nun weiter?

Leise Orgelmusik begleitet meine Gedanken.

Bin wieder anwesend und höre wie der Trauerredner von Michael's zwei Ebenen spricht.

Die Ebene seines Lebens, die nun mit seinem Tod zu Ende ist und die zweiten Ebene, die Ebene der Erinnerung.

Ach ja, die Erinnerung ist ein Fenster... und ja, sich erinnern ist wichtig, sich erinnern stützt, sich erinnern tut gut, aber auch weh. Erinnerung ist das, was bleibt.

Bin wieder anwesend. Der Trauerredner hebt Michael's Hobbys hervor. Die Worte *Bayern München* dringen an mein Ohr. Das war ‚seine' Mannschaft schon von Jugend an. An seinem 32. Geburtstag besuchte er ein Heimspiel der Bayern. Plötzlich sah er auf der riesigen Stadion-Leinwand in übergroßen Buchstaben seinen Namen mit Geburtstagsglückwünschen des Vereins. Das war für ihn sicher eines seiner beeindruckendsten Erlebnisse.

Jetzt höre ich, dass es um Literatur, Musik und Afrika geht. Ach ja - Afrika. Er wollte so gern einmal dort hin, hatte es doch leider nicht geschafft. Der Gedanke daran schmerzt mich. Ich hätte es ihm so sehr gegönnt.

So entscheide ich mich, dass afrikanische Musik für ihn gespielt wird.

Wenigstens etwas Afrika …

Der französische Schriftsteller Victor Hugo schrieb einmal:

Die Musik drückt das aus, was nicht gesagt werden kann und worüber zu schweigen unmöglich ist.

Nun ist es an der Zeit, sich ein vorletztes Mal zu verabschieden, loszulassen - und da ist er schon wieder, dieser Hinweis auf das Loslassen. Dass ich mich von Michael's irdischem Dasein verabschieden muss, begreife ich. Doch loslassen? Nein, das möchte ich nicht. Noch nicht. Nein - nie! Das ist für mich als Mutter schon gar nicht möglich. Mein Kind wird immer ein Teil von mir sein, selbst im Tode. Ich werde ihn immer fühlen, in jeder Sekunde.

Bin wieder da. Stehe vor der Urne, mein vorletzter Blick. Wieder erheben sich alle Anwesenden.

Irgendwie schaffe ich es zum Ausgang. Bin nicht allein. So viele Menschen trauern mit mir und haben sich von meinem Sohn verabschiedet. Viele kenne ich gar nicht. Ich bin dankbar.

09. Juni - es ist so weit. Der Tag der Beisetzung. Der Moment des wirklich endgültigen Abschieds, des Aufnimmerwiedersehens. Es ist geradezu un - heimlich, die Urne im Schiffsinneren stehen zu sehen. Ich weiß, ich werde sie heute ein allerletztes Mal sehen. Ich stehe direkt vor ihr. Oliver und Klaus stehen ein Stück weit hinter mir. Ich habe etwas Mühe, meinen Arm auszustrecken, um die Urne zu berühren, aber ich schaffe es. Ich streichle sie. Nie wieder werde ich meinem Kind so nahe sein. Das klingt nun sicher merk-

würdig. Doch für mich ist er noch da - wenn auch anders. Nicht als Körper, sondern in einem anderen Zustand. Als Asche. Das ist alles, was bleibt. Vor meinem geistigen Auge sehe ich plötzlich lodernde Flammen, die darauf warten, den Sarg mit meinem Sohn zu verschlingen. Das tut mir gerade nicht gut und ich versuche, dieses Bild verschwinden zu lassen.

Ein starker Kaffee wäre jetzt hilfreich.

Natürlich möchten die wenigsten Menschen, dass so gar nichts von ihnen zurück bleibt oder gar, dass man vergessen wird, dass man im Laufe der Zeit einfach so vergeht, einfach verschwindet. Aber da können alle ganz beruhigt sein, denn das geht doch gar nicht. Niemand kann aus der Welt so ganz verschwinden. Wohin denn auch?

Die Erdbestatteten bereichern das Erdreich. Die Wasserbestatteten bereichern das Meer oder wo immer sie angespült werden. Dadurch treten alle wieder in einen natürlichen Kreislauf ein und kehren somit als eine andere Lebensform zurück. Der Tod ist eben eine andere Form des Seins. Diese Vorstellung trägt mich persönlich etwas. Was allerdings mit der Asche nach einer Weltraumbestattung geschieht, ist mir noch unklar. Wo fliegt sie hin? Wo bleibt sie? Was bleibt von ihr? Rieselt sie irgendwann wieder auf die Erde hernieder? Nun, dann wäre ja alles wieder irgendwie auf Anfang.

Doch das ist ein anderes Thema.

Wir stehen an der Reling der ‚MS Geestemünde'. ‚MS' steht für Motorschiff. Ich höre die Worte des Kapitäns und sehe, wie er die Urne ganz behutsam ins Wasser hinablässt. Nach seemännischem Brauch schlägt er nun acht Glasen mit der Schiffsglocke - vier Doppelschläge. Das bedeutet in der traditionellen Segelschifffahrt ‚Wachwechsel' und steht bei einer Seebestattung symbolisch dafür, dass die Urne das Schiff verlässt.

Wenige Sekunden noch, dann ist sie nicht mehr zu sehen. Nur noch der über ihr schwimmende Kranz und die von uns ins Meer gestreute Rosenblätter verraten uns die Position.

Das Schiff umkreist nun dreimal das Rosenmeer, dann verlassen wir mit einem Typhon-Signal (ein Typhon ist ein akustisches Signalgerät) den Beisetzungsort und fahren wieder zurück zum Anlegeort in Bremerhaven.

Ich möchte am liebsten hierbleiben, diese Stelle nicht verlassen. Doch gerade jetzt beginnt für mich das 'aus den Augen lassen', eben das absolute, endgültige Nimmerwiedersehen. Ich lehne mich über die Reling, weine ins Wasser. Es hat zu regnen begonnen. Der Himmel weint mit mir um die Wette.

Ich schaue nach oben und sehe eine einzelne Möwe. Sie folgt uns eine sehr lange Strecke und ich überlege, ob das etwas zu bedeuten hat. Es mag lächerlich klingen, doch in meiner Situation damals maß ich diesem Geschehen eine Bedeutung bei, sah es als ein 'Zeichen'. Das hatte mit Verstand so gar nichts zu tun. Es schien mir, als ob mein Sohn sagen wollte:

„Ich begleite Dich noch ein Stück zurück."

In diesem einen Moment fühlte ich ihn zum Greifen nah. Es traf mich direkt ins Herz und es schmerzte.

Ich habe es nicht mehr hinterfragt, sondern einfach als einen ungewöhnlichen Moment zugelassen und erinnere ihn sehr oft. Ich wohne in Bremerhaven und es gibt hier Möwen, Möwen …

Michael hat nun *seinen* Platz - tief im Dunkel des Meeres und immer, wenn ich am Deich stehe und übers Wasser schaue, frage ich mich:

Wohin haben ihn die Wellen gespült?

Wo ist er jetzt - in diesem Moment?

Ich fühle mich gut bei dem Gedanken, dass er nicht verloren gehen kann. Dass er in der Welt bleibt. Wie schon gesagt:

Wo soll er denn auch hin?

...und eine Welle, die bin ich...

Nach diesem Ereignis habe ich mich viel mit den Themen Sterben, Tod und Trauer und den Umgang mit den Trauernden beschäftigt. Für mich nun auf höchst privater Ebene völlig neue Themen. Sonst betraf es stets die anderen. Nun war alles so nah bei mir, wie nie zuvor.

Es gibt unzählige Trauerliteratur, Sprüche, Bücher, Ratgeber, Meinungen und Thesen, wie Hinterbliebene mit solch einem Verlust umgehen sollten.

Ja, auch ich bin irgendwann losgelaufen, um mir Hilfe und Rat aus Büchern zu holen. Ich wollte meine Familie und Freunde nicht belasten, sondern mir selber helfen. Es für mich und allein

‚abarbeiten' und musste feststellen:
Das ist Schwerstarbeit und mir hat die Literatur kaum geholfen. Vieles ist sehr theoretisch, zu fachlich, zu allgemein.

Ein Beispiel:
Die Trauerpsychologie spricht schon seit Jahrzehnten von den vier verschiedenen Trauerphasen, die nacheinander ablaufen und am Ende wird einem suggeriert, dass dann alles zu einem Abschluss kommt und alles ‚überwunden' ist. Welch ein Quatsch!
Diese vier Trauerphasen, die ursprünglich auf Sigmund Freud zurück gehen, klingen wie ein Rezept und werden in dieser Reihenfolge benannt:

Trauerphase 1: *Nichtwahrhabenwollen*
  Diese Phase gab es bei mir nicht!
  Habe die Realität sofort erkannt.

Trauerphase 2: *Aufbrechende Emotionen*

 Das erklärt sich selbst

Trauerphase 3: *Suchen und sich trennen*

Der Trauernde sucht den Verstorbenen so lange, bis er realisiert, dass dieser tatsächlich nicht mehr da ist und er ihn irgendwann loslassen muss.

 Von mir ein klares NEIN zu beidem

Trauerphase 4: *Annahme*

Nachdem der Hinterbliebene im Trauerprozess die eigene Veränderung erlebt hat, kann er sich auf Neues einlassen.

 Das ist zu hoffen und zu wünschen.

Inzwischen ist man zu anderen Forschungsergebnissen gekommen. Jeder Mensch ist einzig, fühlt, reagiert, agiert auf seine ganz eigene Art und Weise.

Ja, natürlich gibt es Trauerphasen. Sie laufen allerdings nicht ab wie ein zuverlässiges Uhrwerk. Sie laufen wild durcheinander oder sie geschehen oft gleichzeitig, nebeneinander, durcheinander oder ineinander wie die Linien bei einem Mandala. Sie reißen die Trauernden in jede denkbare emotionale Richtung. In ein Auf und Ab, ein Vor und Zurück, in ein Wechselbad aller Gefühle und es ist durchaus möglich, dass Phasen ausbleiben, so wie bei mir die Phasen 1 und 3.

Es ist eben ein überaus komplexer Prozess und lange Zeit war es herrschende Lehrmeinung, dass Trauerarbeit erst dann ihren Abschluss finden könne, wenn es den Trauernden gelänge, ihre emotionale Bindung zum Verstorbenen zu lösen, um so wieder frei für

Neues zu sein, um im Leben wieder nach vorne blicken zu können. Hatte denn keiner von den Gelehrten jemals jemand Nahestehenden verloren oder vielleicht die Erinnerung, die eigenen Gefühle nicht zugelassen oder gar vergessen?

Ich sage:
Niemand muss und soll seine emotionale Bindung zum Verstorbenen aufgeben müssen. Das ist emotional wie auch in der Trauerbearbeitung nicht hilfreich, sondern geradezu krank machend. Trauer und Trauerarbeit haben keinen Abschluss - nie. An den Übergängen zwischen Abschied und Vergangenheit, Neuland und Zukunft erleben wir Zögern und Zuversicht, Wehmut, Neugier und zu guter Letzt

Hoffnung - die stärkste und antreibende Emotion.

Wir sollten sie nutzen, damit wir wieder ‚ins Gleis' kommen und Kraft für ein Weiterleben finden - im Einklang mit den Verstorbenen.

Ja, es gibt die Welt der Lebenden und eine imaginäre Welt der Toten, die sich jeder - auch der nicht Trauernde - in seiner Fantasie sehr unterschiedlich vorstellt und wünscht. Das ist verständlich, denn irgendwann wird jeder sie betreten. Dazwischen ist die Grenze des Todes, die wir Lebenden nicht überschreiten können.

Doch was tut sich hinter dieser unsichtbaren Grenze im Jenseits?

Was passiert in der Welt der Toten und wo genau ist sie?

In welcher Form auch immer - gibt es ein Leben nach dem Tod?

Diese Fragen beschäftigen die Menschheit immer wieder. Die Meinungen gehen natürlich weit auseinander und das darf auch so sein. Die einen glauben an eine Seelenwanderung hinauf in das Himmelreich oder auch hinab ins Totenreich, wieder andere haben die Vorstellung, dass der Fährmann als Führer und Begleiter die Seelen der Verstorbenen sicher über einen Strom ins Reich der Toten geleitet und somit den Übergang in die andere Welt vollendet.

Jeder Trauernde hat seine eigenen Vorstellungen, Wünsche und Sehnsüchte und möchte seine Verstorbenen an einem ‚guten Ort‘ wissen, doch dieser wird immer ein Ort der Fantasie bleiben, denn niemand wird jemals sagen können, was sich in dieser anderen Welt abspielt. Eines scheint jedoch klar: Sie bleibt übersinnlich, übernatürlich, unergründlich.

Das Jenseits ist über Raum und Zeit erhaben und entzieht sich jeder menschlichen Vorstellung.

Ein bestimmter Ort jedoch ist kein Geheimnis und bleibt ein immer sicherer Platz für die Verstorbenen - der in unserem Herz. So ist der oder die Tote stets unser innerer Begleiter. Das ist gut so und sehr wichtig. Wichtig für unsere Seele, denn gerade sie braucht Heilung.

In unserer Kultur wird man da jedoch so ziemlich allein gelassen. Die

Hinterbliebenen bleiben meist ratlos zurück und müssen leider oft selbst nach Lösungen für sich suchen.

Gespräche mit den Verstorbenen können da helfen, die eigenen Gedanken, Erlebnisse, Probleme und Gefühle zu ordnen. Trauen Sie sich!

Falls Sie das noch nicht schaffen, schreiben Sie Ihre Gedanken für sich selbst auf. Sie könnten auch Briefe an die Verstorbenen schreiben, eben immer, wenn Ihnen danach ist. Nehmen Sie dafür ein schönes Briefpapier und einen ebensolchen Stift. Das macht es zu etwas Besonderem. Wenn Sie dann auch noch ein hübsches Aufbewahrungskästchen haben …

Vielleicht lesen Sie es den Vorausgegangenen oder sich selbst später sogar einmal vor.

Tragen Sie etwas bei sich, das Sie an den geliebten Menschen erinnert oder Sie mit ihm verbindet - ein Ring, eine Kette, eine Brosche, ein Kleidungsstück…

Egal, *was* Sie tun und *wie* Sie es tun, geben Sie ihm in Ihrer Familie einen Platz der anderen, besonderen Art. Beziehen Sie ihn ein. Seien Sie kreativ und mutig! Gestalten Sie ganz besondere individuelle Erinnerungstage. Beschränken Sie sie nicht nur auf den Geburts- oder Todestag. Denken Sie an bestimmte gemeinsame Erlebnisse.

An dieser Stelle schildere ich Ihnen etwas ganz Besonderes.

Ich kenne eine Familie, in der eine junge Mutter starb. Ihr Sohn war zu dem Zeitpunkt ungefähr fünf Jahre alt.

Um die Erinnerung an seine Mutter wach zu halten, wird bis heute - viele Jahre danach - unter anderem jeden Sommer an ihrem Grab ein Familienpicknick veranstaltet. Ihr Geburtstag wird am Grab ‚gefeiert'. 2024 - an ihrem eigentlich 50. Geburtstag gab es eine große Feier mit Familie, Freunden und Nachbarn. Genauso hatte sie es sich zu Lebzeiten gewünscht mit dem Satz:

„Wenn ich 50 werde, mach' ich ein Fass auf und alle sollen dabei sein."

Von dieser Familie mit ihrem speziellen und liebevollen Umgang des Gedenkens an die Tochter, die Schwester, die Mutter, die Ehefrau bin ich jedes Mal auf's Neue beeindruckt. Genau **so** schafft man es gemeinsam, die tiefe Trauer von einst mit solch wunderbaren und sehr persönlichen Aktionen in Fröhlichkeit und Freude umzulenken.

Gab es nicht auch für Sie und Ihre Familie schöne Erlebnisse mit dem Verstorbenen? Gestalten Sie dazu einen ganz besonderen Tag und geben Sie ihm einen Namen. Machen Sie Fotos, so bleibt ihr oder sein Fotoalbum nicht am Tage X stehen.

Vielleicht möchten Sie aber auch einen Familien-Foto-Baum erstellen, vielleicht wird es ein Gemeinschaftsprojekt. Kleben Sie für jedes Familienmitglied ein kleines Foto in den Baum oder malen Sie in schönen Buchstaben die entsprechenden Namen hinein und - es darf gern farbig sein. Auch Gefühle dürfen ihren Platz dort haben. Benennen Sie sie und heften Sie sie dazu. Sie werden feststellen, dass sich Ihre Gefühle sich im Laufe der Zeit verändern, einige verschwinden, andere kommen hinzu und so wechseln sie ihre Plätze. Wo zuvor noch tiefe Trauer, Wut und Verzweiflung ihren Platz hatten, bekommen ihn nun vielleicht Hoffnung, Zukunft und Freude.

Glauben Sie mir!

Wie Sie wissen, spreche ich aus Erfahrung.

Natürlich braucht es Zeit, dies in die Tat umzusetzen. Nichts muss sofort sein, aber trauen Sie sich, egal, was andere sagen. Es geht allein um SIE und die Bewältigung IHRER Gefühle und Trauer. Wenn Sie Unterstützung haben

- umso schöner. Wenn nicht, ist es das Problem der anderen! Machen Sie es nicht zu Ihrem. Scheren Sie sich doch nicht um Konventionen. Es heißt nicht umsonst:

Erst wenn niemand mehr über die Toten spricht, sind sie wirklich vergessen

Tatsächlich - Männer und Frauen trauern unterschiedlich. Männer trauern anders, was nicht bedeutet, dass sie weniger trauern - eben nur anders.
Warum ist das so? Zum einen ist es erziehungsbedingt. Vor allem in den früheren Jahrhunderten und Jahrzehnten wünschten oder forderten besonders die Väter, dass ihre Söhne stark sein sollten. Wir erinnern uns doch sicher alle an die doofen Sprüche:
Ein Indianerherz kennt keinen Schmerz

oder

Jung's weinen nicht.

Sie sollten lernen, tapfer zu sein. Später als Mann wurde erwartet, dass sie ihre Emotionen ‚im Griff‘ haben. Männern fällt es generell auch schwerer als Frauen, über ihre Gefühle zu sprechen. Sie scheinen oft geradezu wortlos in ihnen gefangen.

Bei den Mädchen war das anders. Man erwartete nicht, dass sie sich prügelten oder sonstige ‚Jungseigenschaften‘ an den Tag legten. Sie durften Gefühle zeigen, durften weinen, mussten nicht stark sein. Auch später als Frau durften sie ihre gesamte Gefühlspalette ausleben ohne deshalb verachtet zu werden und das ist bis heute erhalten geblieben. Und wer kennt nicht diese blödsinnige Aussage:

Frauen - das schwache Geschlecht.

Wie diskriminierend ist das denn bitte! Ich kann mir gar nicht vorstellen, dass je eine Frau diesen Satz gesagt oder auch nur gedacht hat. Sie versucht, die Trauer gerade durch das Zulassen ihrer Gefühle zu bewältigen, wohingegen Männer dazu neigen, ihre Trauer in sich ‚hineinzufressen' und sich mit gesteigerter Aktivität abzulenken. Die einen werden zum Arbeitstier, andere wiederum lenken sich ab mit Sport bis zum Umfallen. Wieder andere greifen verstärkt zum Alkohol, um den Schmerz zu betäuben. Diese Strategien sind gerade bei Verlustschmerz sicher nicht förderlich. Es ist geradezu eine Flucht vor den eigenen Gefühlen.

Zum anderen hängen die unterschiedlichen Erwartungshaltungen und
Reaktionen sicher stark vom kulturel-
len Umfeld ab. In südlichen Ländern ist
ein am Grab weinender Mann ein nor-
maler Anblick. Im Norden hingegen ist
es wohl eher die große Ausnahme. Da
kennt man eher die unbewegliche,
keine Regung zeigende Miene. Die
Menschen sollten sich aber bewusst
machen, dass die Trauer der Männer
genauso tiefgreifend ist wie die der
Frauen, sie sieht nur anders aus.

LOSLASSEN - Dieser Schlachtruf ist
nicht hilfreich und schon gar nicht
tröstlich, zumal niemand genau sagen
kann, wie das gehen soll..
Und was genau soll LOSLASSEN denn
bedeuten?

Wen oder was soll ich loslassen? Soll es etwa bedeuten, den Tod eines geliebten Menschen zu akzeptieren? Den Tod meines Kindes? Die Gedanken verbannen? Das kann ich nicht und das will ich nicht! Es wäre für mich Verrat an meinen Sohn und mir selbst. Noch bevor er geboren wurde, waren wir neun Monate miteinander verschmolzen. Wie kann ich ihn dann ,loslassen'?

Ich habe den Eindruck, dass dieser ,wohlwollende Rat' des Umfeldes an die Trauernden eher aus Eigennutz entsteht, denn das macht es leichter, mit den Betroffenen und ihrer Situation umzugehen. Gespräche und Gefühle werden damit verbannt - auch heute noch.

Irgendwann rückte jemand dieses ,Loslassen' ins rechte Licht und so las ich dann, dass es gar nicht darum geht, den Verstorbenen aus den eigenen Gedanken und Gefühlen zu verbannen. Es geht vielmehr darum, unter anderem dem verlorenen Menschen einen anderen Platz, einen neuen Platz im *eigenen* Leben zu geben. Dadurch kann der Verlustschmerz gelindert werden, ganz langsam.

Was mich betrifft: Michael hat seinen Platz dort, wo ich ihn immer sehen kann. Wenn ich aus dem Fenster schaue, sehe ich…

… und eine Welle, die bin ich…

Mein persönlicher Verlustschmerz wird nie heilen, aber ja, er hat sich im Laufe der Jahre verändert, gelindert. Die Gefühle bleiben, sie bekommen nur eine andere Dimension und haben einen ganz besonderen Platz in meinem Körper - in Höhe der zweiten bis zur fünften Rippe und ganz genau dort hat Michael seinen Hauptwohnsitz - in mir, genau wie schon vor seiner Geburt.

Ich musste lernen, meine Liebe, meine Gefühle in einer anderen Form auszudrücken - aber sie bleibt leider ohne Resonanz. Es bleibt still. Ich kann das Bedürfnis nach seiner Nähe, einer Umarmung nicht mehr ausleben. Ich will aber nicht ohne mein Kind, sondern weiterhin **mit** ihm leben - nur auf eine andere Art. Meine Seele, mein Herz und auch der Rest von mir werden Wege finden, denn die Zeit kennt nur eine Richtung:

Vorwärts in eine andere Zukunft und die muss ich für mich neu ordnen.

Wie überall gibt es auch hier in Deutschland verschiedene Traditionen, wie man seine eigene Trauer ausdrückt, wie man Trauernden begegnet und Mitgefühl ausdrückt.

Früher wurde der Tod stillschweigend hingenommen, totgeschwiegen. Man trauerte und litt für sich allein. Wehklagen galt nicht. Schwarze Trauergarderobe war ein für alle sichtbares Zeichen und galt zugleich als soziale Kontrolle. Trauerkleidung, Trauerflor oder Trauerarmbinde waren das Maß der Dinge. Es war auch genau festgelegt, ab wann ein Grau und auch andere Farben zur schwarzen Kleidung hinzukommen durften. Die Art der Kleidung war damit ebenso vorgeschrieben, wie die Dauer der Trauerzeiten, die sich nach dem Grad der

Beziehung zum Verstorbenen richteten. Für einen verstorbenen Elternteil gab die Gesellschaft den Hinterbliebenen ein Jahr Trauerzeit. Bei den Großeltern bzw. Geschwistern war ein halbes Jahr üblich. Bei weniger nahestehenden Personen waren sechs Wochen die Norm. Nur für den Todesfall eines Kindes gab es keine Regeln. Ganz abgesehen davon, dass allein dieses Ritual für die Betroffenen eine enorme Belastung darstellte, war dies eine Zurschaustellung ihrer Situation. Trauer lässt sich aber nicht messen. Weder an Farbe noch an Zeit.

Vieles hat sich schon im Laufe der letzten Jahrzehnte geändert. Schon seit Jahren ist nun schwarze Kleidung nicht mehr Pflicht, es sei denn, es wird zum

Beispiel auf Trauerfeiern ausdrücklich gewünscht. Wie tröstlich, dass die Menschen heute akzeptieren, dass man auch in anderen Farben traurig sein kann. Der Tod und die Trauer sind bunter geworden. Gut für unsere Seele.

Der Begriff *Trauerjahr* stammt ursprünglich aus römischer Zeit und während dieses besonderen Jahres war es der Familie eines Verstorbenen vorgeschrieben, Trauerkleidung zu tragen und der Teilnahme an Festlichkeiten zu entsagen. Es herrschte auch die grausame Meinung, dass nach einem Jahr für die Trauernden der schlimmste Schmerz überstanden sei und die Trauer nur noch ein begleitender Schatten sei und das Leben ginge wie gewohnt weiter. Dies wurde auch durch das Ablegen der Trauerkleidung signalisiert. Erst dann durften die Betroffenen wieder vollumfänglich am gesellschaftlichen Leben teilhaben.

Die Vorstellung, dass die Trauer nach einem Jahr ebenso ‚abgelegt' wird wie die Kleidung, lebt bis heute noch in den Köpfen vieler Menschen. Doch gerade nach einem Jahr merken die Trauernden, dass der Schmerz immer wieder eine Auffrischung bekommt.

Es naht der erste Todestag, der Geburtstag, die ersten Festlichkeiten ohne den Verstorbenen.

Viele Familien-Rituale können nicht mehr stattfinden und da ist gerade das Weihnachtsfest eine große Belastung. Das alles trägt dazu bei, den Verlust als einschneidendes und alles veränderndes Dauer-Ereignis wahrzunehmen

und festzustellen, dass das Leben nun für immer in zwei Teile geteilt ist:
Das Leben *vor* dem Verlust
und das Leben *danach*.
Kein Weg führt an der Trauer *vorbei*, man muss *dadurch*.

Auch für mich begann eine neue Zeitrechnung. Lange Zeit hatte ich immer noch das Gefühl, ich müsste etwas erledigen, aber es war *alles* getan. Ich hatte es sogar geschafft, einige Zeit nach seiner Bestattung Michael's Arbeitsstelle aufzusuchen. Ich wollte an *der* Stelle stehen, wo er gestorben ist, wollte es irgendwie ,nachfühlen'. Man brachte mir großes Verständnis entgegen. Dafür bin ich heute noch dankbar.

Die Trauer ist ein Chamäleon. Sie hat viele Farben und Facetten, viele Gesichter, viele Emotionen und alle haben ihre Berechtigung. Oftmals sind sie aber auch gar nicht sichtbar, denn manche Menschen trauern nach innen - ganz tief und lautlos nach innen. Andere wieder laut nach außen und es steht niemandem zu, darüber eine Bewertung abzugeben. Noch heute beeinflusst uns Hinterbliebene die Vorstellung der Gesellschaft, wie und wie lange wir zu trauern haben, was ‚normal‘ ist und wann es ‚genug‘ ist und der Mensch wieder so sein sollte, wie vor dem Verlust.

Es wird ein vollständiges Abklingen aller Trauerreaktionen erwartet, vergleichbar mit der Genesung von einer Erkrankung. Zu langes Trauern gilt oft noch als unnormal und psychisch krank.

Trauerarbeit ist nicht nur ein sehr distanziertes und sachlich klingendes Wort. Sie ist harte, unbarmherzige Arbeit. Sie fordert uns alles ab, um mit dem Geschehenen fertig zu werden, neue Gedanken und neue Wege des Weiterlebens zu finden. Keiner weiß, wie lange die eigene oder die Trauer anderer dauert oder ob sie je endet. Ich meine, sie hört nie auf. Sie schleicht sich zwar irgendwann ganz heimlich in den Hintergrund, um Platz für Neues zu machen, aber sie hört nie auf.

Viele Jahre begleiteten mich Schmerz, Trauer, Verzweiflung, Machtlosigkeit, Leere und Ratlosigkeit mit der Dauerfrage: Wie komme ich aus diesem Gefühlsstrudel wieder heraus? Ich kann doch so nicht bis ans Ende meiner Tage weiterleben. Lange Zeit war ich innerlich zerfleddert. Mein Herz und meine Seele hatten einen unheilbaren Riss bekommen. Dafür gibt es keine Heilung und auch keinen Gewöhnungsprozess. Die Zeit ist unbarmherzig, gönnt sich und mir keine Gefühlspause. Die Zeit heilt auch keine Wunden. Nicht diese. Sie kennt nur eine Richtung:

Vorwärts - und ich muss mit.

Doch wie lebe ich mit meiner Trauer? Was mache ich mit meiner Wut? Ja, ich war auch so wütend und genau darüber war ich wiederum so verzweifelt. Darf ich überhaupt wütend sein und worüber genau war ich so wütend? Ganz klar:

Die Reihenfolge stimmte nicht! Kein Kind sollte vor den Eltern sterben und - ich fand keinen Schuldigen. Ich konnte niemanden verantwortlich machen, niemanden zur Rechenschaft ziehen, niemanden anschreien. Ich konnte meine Wut nicht weiterreichen. Sie war wie ein Überdruck im Kochtopf. Ich stand zeitweise gewaltig unter Dampf. Nur: Ich hatte kein Ventil. Dazu noch das Gefühl der Hilflosigkeit und die quälenden Gedanken wie:

*Wäre oder hätte **er** doch nur…*

*Hätte **ich** doch…*

wenn … - dann wäre dies oder jenes nicht geschehen…

und vor allem treibt mich auch heute noch die Frage um:

Was waren wohl seine letzten Gedanken …

Es wurde höchste Zeit! Ich musste Lösungen finden, die mich in einen für mich selbst erträglichen Zustand brachten. Man riet mir, in eine Selbsthilfegruppe für verwaiste Eltern zu gehen. Lange nachgedacht. Hab's nicht getan. Ich hätte nicht ertragen, mir auch noch den Schmerz der anderen anzuhören. Ich musste meine eigene Form der Trauerbewältigung finden und mich nicht nach den Vorstellungen oder Meinungen anderer richten.

Nach zweieinhalb Jahren der ‚Eigentherapie', einer ungesunden Menge an Schlaftabletten, der Dauerfrage nach dem WARUM und keinem weiteren Plan wurde mir klar, dass ich es allein nicht schaffe. Ich suchte nach einer Psychologin und jeder, der das schon einmal versucht hat, wird mir zustimmen: Da braucht man einen langen Atem. Doch gerade den hat man in einer solchen Ausnahmesituation nicht. Ich bekam entweder gar keinen Termin oder einen in zwei Jahren. Das machte mich noch wütender - aber auch verzweifelter, denn ich wurde mir immer stärker meiner Machtlosigkeit bewusst. Doch irgendwer in unserem wunderbaren Universum hatte Mitleid und bescherte mir doch etwas früher eine Psychologin. Mir kam der Gedanke, dass Michael eventuell die Fäden gelenkt hatte, weil er spürte, dass ich Hilfe brauchte. Ein schöner Gedanke - und der tat mir gut.

Allerdings hatte ich es mir leichter vorgestellt, über all meine Gefühle zu sprechen, schließlich war diese Frau doch eine neutrale und mir unbekannte Person. Ich hatte auch so gar keine Vorstellung, wie diese Sitzungen inhaltlich speziell zu meinem Problem ablaufen könnten.

Zunächst sollte es fünf Sitzungen zum Kennenlernen geben, danach die Entscheidung, wie es dann weitergehen könnte. Viele sehr persönliche Fragen würden auf mich zukommen: Michael, mich und mein Leben betreffend. Davor grauste ich mich, denn so toll war mein Leben nicht. Doch die Krankenkasse benötigte all die Antworten für die endgültige Bewilligung der Therapie und ihrer Dauer.
Schwierig war für mich schon die Beantwortung der allerersten Frage der Therapeutin:
„Warum sind Sie hier?"

Ich wusste nur, dass ich Hilfe brauchte, aber nicht, wie. So begann ich also einfach mit dem 21. Mai 2012. Ich erzählte und weinte und erzählte und …

Ich schilderte Einzelheiten meines Ist-Zustandes. Auf ihre Frage:

„Was möchte ich erreichen?"

sagte ich:

„Von allem das Gegenteil."

Ich bin nun mal ein sehr pragmatischer, zielgerichteter Mensch und so wurde ich etwas ungeduldig, auch nach der vierten Sitzung immer noch keinen Katalog mit Lösungsansätzen serviert zu bekommen. Doch es gibt schlichtweg keine allgemeingültigen Lösungen. Jeder muss seine eigenen suchen. Wege gibt es viele, man sollte nur bereit sein, sie auch zu gehen und nicht in seinem Schicksal zu verharren. Irgendwann kam ich auf die Idee, mir einen Gefühle-Baum zu zeichnen, wollte mir im wahrsten Sinne des Wortes einen Überblick über die Vielzahl meiner Emotionen verschaffen. Sie einordnen, zuordnen um ihnen irgendwann eine andere Richtung und einen anderen Platz geben zu können, auf eine Ebene, die mir das Weiterleben etwas leichter machte. Ich wollte meine Blickrichtung ins Positive lenken und war sehr überrascht, später einzelne Gefühle wie Angst, Ärger, Wut, Schuld mit positiveren Worten wie Mut, Zukunftsperspektive und Freude belegen zu können und genau das zeigte mir meine Gefühle-Veränderung an wie ein Barometer.

Dann habe ich mich für's Schreiben entschieden. Warum? Verehrte Leser, Sie möchten mich nicht singen hören. Malen, basteln, stricken und häkeln sind auch nicht gerade meine hervorstechenden Fähigkeiten.

Für viele Trauernde könnten das alles jedoch (Aus)-Wege sein, Ventile zur Bewältigung der Emotionen. Seien Sie kreativ, verleihen Sie Ihrer Trauer auf diese besondere Weise Ausdruck. Setzen Sie sich damit aber nicht unter Druck. Niemand erwartet das perfekte Bild oder gar Kunstwerke. Es muss nichts Erkennbares sein. Es geht nur ums Tun.

Ach, Sie sind genauso unkreativ wie ich? Was ist denn mit der Natur? Die mag doch jeder. Gartenarbeit vertreibt die trüben Gedanken. Ich weiß es aus

Erfahrung. Spazieren gehen oder Sport bewirken das Gleiche und Sie sind zudem noch unter Menschen, verkriechen sich nicht.

Pflanzen Sie irgendwo einen Baum für den Verstorbenen. So haben Sie Ihren ganz persönlichen Anlaufpunkt.

Mein Freund, der Baum…

Die Sängerin *Alexandra* besang ihn in schon den 60er Jahren als Freund und Seelentröster. Zigtausend Menschen empfinden bei ihm Entspannung und innere Ruhe. So viele Menschen können sich doch nicht irren, oder? Lassen doch auch Sie Ihre verwundete Seele wie die Blätter am Baum einfach mal baumeln und konzentrieren Sie sich auf Ihr Inneres. Weltweit hat man erkannt, dass schon die stille Umarmung eines Baumes uns innere Ruhe bescheren kann.

Verehrte Leser, versuchen Sie's. Aller Anfang ist schwer. Vielleicht reicht Ihnen auch schon die behutsame Berührung seiner Rinde. Machen Sie den Baum zu Ihrem Verbündeten. Halten Sie sich an Ihm fest, legen Sie Ihr Gesicht, Ihr Ohr ganz nah an den Stamm und Sie werden ihn hören. Hören, wie er knackt. Spricht er etwa zu Ihnen? Fühlt er gar Ihren Schmerz? Im Schweigen hören wir sie - seine Melodie und spüren seine enorme Ausstrahlungs- und Anziehungskraft.

Wenn wir uns wirklich Mühe geben und dafür sensibel sind, finden der Anblick, der Duft und die Geräusche der Bäume ihren Weg über die Berührung direkt in unser Herz und genau da muss sie hin. Kostenlose Naturmedizin

Viele Hinterbliebene suchen den Weg in die Natur, um sich dem Verstorbenen verbunden zu fühlen.

Der Tod der Verstorbenen ist ein Übergang in die Natur, eine Verschmelzung. Sie sind eins geworden, *sie* ist nun *ihre* Welt. Je nach Glauben, Vorstellungskraft und Wunsch der Trauernden kann es die Welt des Wassers, der Erde oder auch des Himmels sein. Für unerreichbare Orte sollten wir uns hier aber eher einen erreichbaren Begegnungsort suchen, um mit den Verstorbenen zu sprechen, zu schweigen oder aber auch für eine seelische Umarmung, eben eine ganz neue Nähe-Erfahrung.

Sollten Sie keinen erreichbaren Anlaufpunkt haben wie zum Beispiel ein Grab, suchen Sie sich einen Ort, an dem

Sie sich wohl fühlen und Ihren Gedanken und Worten freien Lauf lassen können. Suchen Sie sich eine imaginäre Brücke zum Verstorbenen. Das kann ein Regenbogen, eine Wolke, ein bestimmter Stern, die Sonne oder auch der Mond sein. Es sind einerseits sichtbare Erscheinungen, andererseits doch so fern und nicht greifbar. Dennoch könnten es hilfreiche, Ihre Seele stützende Symbole sein.

Der Himmel, der mit seinem Horizont optisch unsere Welt berührt, ist mit seiner unendlichen Weite ja schon von je her *der* symbolische Ort der Toten und alles an ihm Sichtbare ist genau so fern wie sie.

Der Regenbogen gilt weitverbreitet als Brücke zwischen Himmel und Erde und seine leuchtenden Farben symbolisieren Hoffnung und dass das Leben wieder heller wird - irgendwann.

Da mein Sohn seebestattet wurde, ist zum einen unser Bremerhavener Deich mit seiner Weite einer unserer ‚Begegnungsorte‘.

Zum anderen habe ich das Glück, aus meinem Küchenfenster allabendlich den Sonnenuntergang erleben zu können. Ein ferner Ort, aber dieses Naturereignis erzeugt in mir jedes Mal eine wehmütige Stimmung, bringt mich etwas zur Ruhe. Die Sonne glüht und ‚fällt dann in Kürze ins Wasser‘, zu meinem Sohn. Das macht mich oft melancholisch - doch mit dem Wissen, dass der nächste Sonnenuntergang wiederkommt. Und ich stelle mir oft die Frage:

Wo ist mein Sohn wirklich?

Oben? Unten? Überall?

Bis heute habe ich noch kein Zeichen von ihm bekommen - oder habe ich es etwa nicht erkannt?

Ich muss es wohl selbst herausfinden. Ähnlich geht es mir bei einem Regenbogen, den ich leider nicht täglich sehe. In der Religionsgeschichte heißt es, er verbindet die verschiedenen Sphären, das Unten und Oben. Es heißt auch, dass Iris, die griechische Götterbotin, die Verstorbenen über den Regenbogen in die jenseitige Welt, die Welt der Toten, geleitet. Seine Farben werden auch als Farben der Iris bezeichnet.

Ebenso wichtig ist es aber auch, in der Realität, im Alltag über den Verstorbenen und die vergangene Zeit mit ihm zu sprechen. Bringen Sie IHN oder SIE im Freundes- und Bekanntenkreis mit ins Gespräch. Auch so halten Sie die Erinnerung hoch und es tut gut. Lassen Sie sich nicht zum Schweigen verdonnern. Das Umfeld muss lernen und soll das aushalten. Sollten Sie niemanden zum Zuhören haben, schaffen Sie vielleicht, was ich nicht konnte: Schließen Sie sich einer Trauergruppe oder einem Trauer-Cafè an.

So kommen Sie außerhalb Ihrer eigenen vier Wände in Kontakt mit anderen Menschen, die Ähnliches erlebt haben. In einer solchen Gemeinschaft kann man Halt finden. Jeder dort weiß, was Sie gerade durchmachen. Sie müssen nichts erklären. Es werden keine unsinnigen Fragen gestellt. Nichts ist falsch. Durch gemeinsame Gespräche unter fachlicher Anleitung findet man neue Weg, ohne den verloren Menschen zu leben. Die Trauer selbst ist keine Krankheit. Sie kann aber eine verursachen, wenn sie nicht gelebt werden kann oder darf.

Schaffen Sie sich zusätzlich Ihre ganz eigenen kreativen Trauer-Rituale. Das Tagebuchschreiben kennen Sie doch noch aus Ihrer Kinder- und Jugendzeit. Es muss kein Roman werden und auch nicht eine tägliche Eintragung. Ein paar kurze Bemerkungen zu Ihrer Tagesform, einen Gedanken oder was Sie getan oder erlebt haben reichen schon aus. Betrachten Sie es als Ihren Tagesbegleiter und Seelenfreund. Legen Sie es immer in Reichweite, so gerät es nicht in Vergessenheit und gibt Ihnen Halt.

Wer weiß, wenn Sie es Jahre später einmal erneut lesen …

Manchmal tut ein Rückblick auch gut.

Niemand kann und darf Ihnen Ihre Erinnerungen nehmen. Sie allein entscheiden, wie, wann und womit Sie sich erinnern möchten.

Es kann auch helfen, das Zuhause etwas zu verändern, denn schließlich hat sich ja auch Ihr Leben sehr verändert. Ich selbst hatte ungefähr ein halbes Jahr später mein Wohnzimmer umgestellt. Trotzdem - immer, wenn ich den Raum betrat, sah ich im Geiste noch meinen Sohn auf ‚seinem' Platz sitzen. Das hat mich jedes Mal so geschmerzt. Das musste aufhören. Ich kaufte mir etwas Neues, habe meinen Wohnraum gänzlich verändert und damit veränderte sich auch der Schmerz. Es fiel mir nun leichter, dieses Zimmer zu betreten.

Fühlen Sie in sich hinein und wenn Sie dazu bereit sind, seien Sie mutig und verändern auch Sie etwas. Das bedeutet ja nicht zu vergessen. Sie dürfen auch wieder glücklich sein und am Leben draußen wieder Interesse haben. Lassen Sie Veränderungen zu! Lassen Sie sich von niemandem dreinreden!

Es ist IHR Leben.

Das hat keiner zu bewerten.

Ablenkung ist der Schlachtruf

und *Ver*arbeitung das Ziel.

Vielleicht doch besser *Be*arbeitung.

Ein weiteres Ziel sollte sein:

Das Leid umzuwandeln, nicht das Leid zu leben

Meine psychologische Begleitung dauerte gut zwei Jahre. Sicher hätte mir die Krankenkasse noch eine Weiterbewilligung gegeben. Für mich war jedoch alles gefragt und gesagt. Neue Erkenntnisse und weiter Lösungsvorschläge waren nicht in Sicht.

Alles in allem kann ich solch einen Weg nur jedem empfehlen. Mir hat es sehr geholfen. Mit niemandem hätte ich so ausgiebig sprechen und auch nicht meine Emotionen zeigen können. Es ist nun aber nicht so, dass ich danach allen Schmerz überwunden habe, aber ich bin irgendwie ‚freier'. Das bis dahin Unausgesprochene lastete zuvor wie ein schwerer Rucksack auf mir. Er ist leichter geworden. Ich hatte die Wut und die Sprachlosigkeit ausgepackt. Doch alles konnte ich nicht auspacken.

Geblieben ist die Dauertrauer und unter anderem die Erkenntnis, dass ich die Liebe zu meinem Kind ganz neu, ganz anders, ganz ungewohnt leben muss. Ich habe mich sehr langsam an diese Aufgabe herangetastet. So habe ich Michael zum Beispiel beim Treffen mit Freundinnen und Bekannten manchmal mit harmlosen und humorigen Sätzen ins Gespräch gebracht. An stürmischen Tagen zum Beispiel mit:

„Michael ist heute ganz schön in Bewegung. Hoffentlich wird ihm nicht übel."

Mir tat das gut, aber meist nicht den anderen. Oft war betretenes Schweigen oder Verwunderung die Folge. Erst recht, wenn ich von lustigen Begebenheiten erzählte.

Etwas schwierig wurde es für mich, wenn Menschen, die ich neu kennen lernte, mich fragten:

„Haben Sie Kinder?"

Dann kam ich jedes Mal ins Straucheln und überlegte, wie schaffe ich eine kurze, aber alles erklärende Antwort, mit der mein Gegenüber umgehen konnte? Damals gab ich die Antwort:

„Ja, zwei Söhne. Einen im Himmel und einen auf Erden."

Michael ist ja immer noch Teil meines Lebens und wird es bis an mein Lebensende bleiben. Das muss auch heute noch in die Köpfe der Gesellschaft. Doch die Antwort war für die meisten sehr befremdlich. Die Reaktionen fielen sehr unterschiedlich aus. Unmutige schwiegen, die anderen fragten nach und das fand ich mutig.

Irgendwann änderte ich meine Antwort. Heute sage ich:

„Ich habe zwei Söhne."

Dabei belasse ich es, bis das Gespräch eine weitere Erklärung zulässt oder erfordert. Ich möchte nicht schon gleich im ersten Satz meinen Sohn als tot erklären müssen.

Der Verlust eines Menschen, mit dem man in eng(st)er Verbindung stand, ist eine mächtige Erfahrung und verändert oft die bisherige Einstellung zum Leben, zum Sterben und auch zum Thema Tod selbst. Je älter ich werde, je mehr wird mir bewusst, dass ich meine Rest-Zeit lebe und gerade beschäftige ich mich intensiver als früher mit Fragen wie:

Was genau passiert mit mir, wenn ich sterbe?

Was höre, fühle, sehe und denke ich noch in dem alles entscheidenden Moment?

Zieht mein gesamtes Leben noch einmal an mir vorbei oder wirklich nur die letzten Minuten?

Sehe ich Bilder der Vergangenheit oder gar schon die meiner unbekannten Zukunft?

Sehe ich wirklich das so oft erwähnte Licht am Ende eines Tunnels?

Was bleibt von mir?

Haben wir nicht mehr Angst vor dem WIE des Sterbens als vor dem Tod selbst?

Diese oder ähnliche Fragen stellen sich natürlich alle, doch wirklich beantworten kann sie niemand. Da gibt es allerdings Vermutungen, Spekulationen und Prophezeiungen verschiedener Kirchen und Glaubensgemeinschaften. Manche haben da sogar sehr klare Vorstellungen und verkünden sie als *ihre* Wahrheit. Sie glauben an ein übergeordnetes Wesen und sind zum Beispiel der festen Meinung, dass der natürliche Werdegang der Menschen so ist, dass sie sterben und danach von Gott gerichtet werden. Sie werden sich nach ihrem Tod vor ihm für die Taten ihres Lebens verantworten müssen. Gott wird über das Böse in ihrem Leben ein klares Urteil sprechen.

Die Strafe, die sie erwartet nennt die Bibel die Hölle. Da kann ich nur hoffen, dass alle Menschen in Anbetracht dessen ihr Leben und ihre Taten noch einmal heftig überdenken und sich fortan immer wieder reflektieren, um diesem Inferno zu entgehen. Letztendlich gilt aber:

Die Zukunft der Verstorbenen wird immer geheimnisvoll bleiben.

Sehr interessant und anrührend sind da die Antworten der Kinder auf die Frage:

„Was glaubst Du, was nach dem Sterben passiert?"

Einige Antworten:

„Sie treffen sich mit den anderen, die schon da sind."

„Die Seele verlässt den Körper und wandert nach oben."

„Gute Menschen kommen in den Himmel, die Bösen in die Hölle."

„Gute Menschen kommen als schöne Tiere wieder, die Bösen als Krokodil."

„Was lebt, das stirbt."

„Ich verstehe nicht, wie Oma gleichzeitig im Grab und im Himmel sein kann."

„Tote sorgen dafür, dass es auf der Erde wieder mehr Platz gibt."

„Es gibt so viele Galaxien und Planeten, da ist für alle Platz."

„Was ich weiß ist, dass alle Lebewesen am Ende der Zukunft sterben müssen. Das ist traurig. Ich bin auch ein Lebewesen."

„Das ist ein Geheimnis."

Manche stellen sich die Toten ‚irgendwie lebend' vor, zum Beispiel auf einer Wolke sitzend, um uns Lebenden vom Himmel herab zu beschützen.

Viele Philosophen haben sich schon zum Thema Sterben und Tod geäußert. Beide Begriffe müssen meines Erachtens aber voneinander getrennt betrachtet werden. Das Sterben ist ein Prozess am Ende des Lebens, der letztendlich zum Zustand des Todes führt. Der Tod gehört also nicht *zum* Leben - er *beendet* es und ist dann ein unumkehrbarer, für sich allein stehender Zustand oder - ist er eher ein „NICHT-Zustand?"

Der Tod ist das Ende des Lebens aller Lebewesen, allein nur der Mensch ist sich seiner eigenen Sterblichkeit bewusst. Für die einen ist er die end-gül-tige Auflösung des Seins, für die andern ist er ein Übergang ins Jenseits. Doch gerade, weil wir uns unserer Sterblichkeit bewusst sind, versuchen wir, unserem Leben einen Sinn zu ge-ben. Vielleicht treibt uns dieses Wissen sogar an. Der Tod ist aber auch unser Damoklesschwert und unser Leben hängt somit stets am seidenen Faden. Das wird einem umso mehr bewusst, wenn man den plötzlichen Tod eines geliebten Menschen hautnah erlebt hat.

Das Interessante an der Philosophie ist: Alles Denkbare ist erlaubt. In der phi-losophischen Denkweise gibt es kein Falsch oder Richtig.

Wenn man sich mit dem Thema Sterben und Tod beschäftigt, kommt man an der Seele nicht vorbei.

Es heißt, die Farbe der Seele sei Blau. Will ich gerne glauben. Das passt zur Farbe des Himmels und des Ozeans. Natürlich je nach Wetterlage.

Sehr schön finde ich die Worte von Paul Cézanne:

„Die Farbe ist der Ort, wo unser Gehirn und das Weltall sich begegnen."

Seit Menschengedenken beschäftigen uns die Fragen:

Was *ist* Seele?

Wie kann man sie beschreiben?

Was macht sie aus?

Oder macht erst die Seele *uns* aus?

Welche Aufgaben oder Funktionen

hat sie?

Kann die Seele Signale senden oder empfangen?

Fungiert sie als Verbindung zwischen Körper und Geist? Sozusagen als Steuerungsmechanismus?

Was macht sie mit uns - oder wir mit ihr?

Wie hängen Körper und Seele zusammen?

Wenn die Seele sich nach dem Tod vom Körper trennen kann, kann sie dann also für sich selbst existieren?

Kann aber auch ein Körper ohne Seele existieren?

Kommt sie nach unserem Tod in den Himmel, in die Hölle oder in eine andere unbekannte, imaginäre Welt?

Hoffen wir nur, dass sie existiert, weil

wir glauben, dass etwas nach uns unsterblich sein wird?

…weil wir hoffen, dass sie uns in eine schönere und friedlichere Welt führt?

…weil wir hoffen, dass wir in dieser anderen Welt unseren vorausgegangenen Liebsten wieder begegnen?

Dann könnte man doch schon von Seelenwanderung oder einer Seelenreise sprechen - oder doch nicht?

Wo genau oder ungefähr in unserem Körper befindet sich unsere Seele?

Auch der griechische Philosoph *Aristoteles* hatte sich mit Fragen zur Seele beschäftigt und aufgrund seiner medizinischen Untersuchungen entschieden, dass sie nicht im Gehirn sitzt.

Für mich persönlich sitzt sie gefühlt in dem Gebiet rund um das Herz.

Die allgemeine Ansicht ist, dass die Seele für die Gesamtheit aller Gefühlsregungen und geistigen Vorgänge des Menschen steht. Ist sie etwa unser unsterbliches Bewusstsein?

Warum faszinieren uns die Fragen zur Existenz und dem Sinn der Seele so sehr? Ist es das Unbeweisbare, Mystische, Unerklärliche, Unfassbare, Unsichtbare? Wird die Wissenschaft sie irgendwann sichtbar machen oder gar messen können? Eines ist sicher:

Es gibt wesentlich mehr Unentdecktes und Rätselhaftes als das, was bisher erforscht wurde. Alles ist möglich - oder auch nicht?

Auch im Alltag begegnet sie uns immer wieder in Form von Sprüchen wie:

Nun hat die liebe Seele endlich Ruh'

Jemand hat Seelenschmerz

... es sind Seelenverwandte

oder etwas verächtlich:

Seelenstriptease,

Es gibt die These, dass die Seele eines erwachsenen Toten ungefähr 21 Gramm wiegen soll.

Wie hat man das herausgefunden?

Anfang des 20. Jahrhunderts wog der amerikanische Arzt MacDougall mit Hilfe einer Balkenwaage, auf die ein Bett gestellt wurde, nacheinander sechs Patienten die im Sterben lagen. Er wollte beweisen, dass die Seele messbar sei und tatsächlich - kurz nach dem Eintreten des Todes verloren all diese

Verstorbenen ein Gewicht von ungefähr 21 Gramm.

Für MacDougall war damit klar:

Der Mensch *hat* eine Seele und sie
wiegt 21 Gramm.

21 Gramm Unsterblichkeit.

Natürlich gilt McDougalls Erkenntnis
inzwischen als unwissenschaftlich und
nicht haltbar, doch die 21-Gramm-Hy-
pothese hält sich nach wie vor in den
Köpfen der Menschen und spielt auch
in der Musik, der Literatur und der
Filmwelt immer wieder eine Rolle und
bis heute hat die Wissenschaft keine
plausible Erklärung, warum Sterbende
bei Eintritt des Todes diese ungefähr 21
Gramm verlieren.

Aus lauter Neugier habe ich mich in
meiner Wohnung auf den Weg ge-
macht, um heraus zu finden, was zirka

21 Gramm wiegt. Musste lange suchen. Hab's herausgefunden.
Meine Teelöffel.

Haben Sie, liebe Leser, schon mal etwas von *alten Seelen* gehört? Ich bisher nicht. Nun weiß ich, dass mit *alten Seelen* Menschen gemeint sind, die durch ihr Ausmaß an Lebenserfahrung, Weisheit, Reife und ihrem besonnenen Verhalten den Eindruck vermitteln, dass sie schon mehrere Leben durchlaufen haben und das ist keine Altersfrage, sondern eine Erfahrungsfrage. Sie sind zudem gute Zuhörer, wahre Problemlöser, kritische Weltbeobachter und Perfektionisten. Sie beleuchten die Dinge von allen Seiten und sparen häufig nicht mit Ratschlägen. Laut Horoskop sind Menschen mit dem Sternzeichen Jungfrau *alte Seelen*.

Hoppla - das ist ja mein Sternzeichen...

Ich habe in den letzten Jahren mit vielen Menschen über die Seele gesprochen. Manche glauben an sie, andere sind unsicher, zweifeln, wieder andere glauben gar nicht an ihre Existenz. Eine Antwort war:

„Ich glaube nur, was ich sehen oder anfassen kann."

Ich aber glaube, so einfach ist das nicht. Der Gedanke an das eigene ‚Weiterleben' nach dem Tod scheint ein überaus starker Wunsch vieler Menschen zu sein. Alle Kulturen und Religionen scheinen sich einig zu sein, dass die Seele nach dem Tod den Körper verlässt um in eine andere Welt hinüberzugehen - *wenn* es die Seele denn gibt.

Bis heute gibt es keinen wissenschaftlichen oder sonstigen Beweis für ihre Existenz. Fest steht jedoch:

Die Seele ist ein unsichtbarer Teil des Menschen. Man kann sie nicht anfassen, sehen, schmecken oder riechen, aber die Seele macht den Menschen aus. Macht der Mensch allein durch sein Bewusstsein, sein Tun und Fühlen die Seele merkbar, fühlbar, *sicht*bar?

Im Christentum wird das Jenseits in Himmel und Hölle getrennt. Man glaubt, dass sich die Seele vom Körper spaltet. Die Seele eines guten Menschen, der nach den Gesetzen Gottes gelebt hat, wird sich in Richtung Himmel begeben, den anderen aber droht die gefürchtete Hölle oder gar das Fegefeuer.

Im Hinduismus und Buddhismus besteht der Glaube an ewige Wiedergeburten.

Buddhisten glauben unter anderem, dass es das Universum schon immer gab und dass sich alles darin in einem ewigen Kreislauf immer wieder neu zusammensetzen. Nichts geht verloren. Auch nicht unser Geist. Wenn ein Wesen stirbt, lebt sein Geist weiter. Er verlässt den Körper und zieht in den Körper eines anderen Wesens ein, das neu geboren wird. Der Tod ist also ein Neubeginn.

Buddha (Der ‚Erleuchtete‘ oder Der ‚Erwachte‘) ist ein Titel, der verliehen wird, wenn ein Buddhist oder auch eine Buddhistin zur wahren Erkenntnis gelangt und damit erleuchtet ist. Nur dann sind sie dem Glauben nach vom ewigen Leid der Welt und vom ewigen Kreislauf der Wiedergeburt befreit und werden nach dem Tod des jetzigen Körpers im Nirwana das ewige Glück finden.

Mit unserem Verhalten im jetzigen Leben wird über unser nächstes Leben entschieden. Wer viel Gutes tut, der erlangt ein gutes Karma und darf auf ein schönes neues Leben als Mensch hoffen. Böse Taten hingegen werden im nächsten Leben mit Armut, Krankheit, Katastrophen oder anderem Unglück bestraft. Wer etwas sehr Schlimmes tut, kann nach dem buddhistischen Glauben im nächsten Leben auch als Tier wiedergeboren werden.

Nur wer alle Vorurteile ablegt und nichts und niemanden mehr bewertet, ist Buddha.

Was ist denn nun mit dem Karma? Einfach gesagt bedeutet es: Alles was wir tun, hat Konsequenzen. Positives Handeln hat positive Konsequenzen, negatives Handeln hat negative Konsequenzen. Karma beschreibt also einen spirituellen Zusammenhang von Ursache und Wirkung.

Die logische Folgerung ist: Jeder erschafft sich sein eigenes Karma durch seine Handlungen, Taten und Lebensweise im Hier und Jetzt, zum Beispiel die eigene Art und Weise des Umganges mit unserer Umwelt, mit den Mitmenschen, den Tieren, mit der eigene Lebensgestaltung, dem eigenen Denken und (Mit)Fühlen.

Fall Sie, meine Damen und Herren, bis jetzt noch nicht über Ihr Karma nachgedacht haben …

Was *mein* persönliches Karma betrifft - da bin ich sehr entspannt.

Fälschlicher Weise wird oft wird vermutet, dass Nirvana ein rätselhafter Ort ist. Das Nirwana aber ist ein Zustand - ohne Leid. Man ist innerlich friedlich und frei von allen Sorgen und auch nicht mehr an den Kreislauf von Geburt, Tod und Wiedergeburt gebunden. Man wird nicht mehr in einem neuen Körper wiedergeboren.
Es ist das Gefühl des höchsten Glücks.

Wir müssen sterben, aber wir dürfen leben, machen wir doch das Beste draus - für uns und auch für die anderen.

Auch im Hinduismus glaubt man an die Reinkarnation - eben, dass die Seelen aller Lebewesen nach ihrem Tod wiedergeboren werden. Deshalb sprechen sie auch von Seelenwanderung. Ob man als Mensch, Tier, Pflanze oder sogar als Gott zurück auf die Welt kommt, hängt davon ab, wie man das jetzige Leben lebt.

Je mehr gute Taten ein Mensch in seinem vorherigen Leben erbracht hat, desto besser stehen die Chancen, aus dem Kreislauf auszubrechen. Der Tod bedeutet auch hier kein trauervolles Ende, sondern Befreiung und den Übergang in eine neue Existenz. Doch egal welchen Glaubens wir sind, das Spannendste ist wohl, dass, wie schon gesagt, kein Lebender bisher der Menschheit Beweise für die eine oder andere These geben konnte.

Was aber letztendlich wirklich nach dem Tod eines jeden Lebewesens passiert, sei dahingestellt. Wir werden es alle irgendwann selber ‚erleben'.

Ich kann für mich nur sagen:

„Ich weiß, dass ich es nicht weiß."

Es gibt übrigens ein tierisches Symbol für die Wiedergeburt: den Phoenix, ein mythischer Vogel, der am Ende seines Lebenszyklus verbrennt, um aus seiner Asche wieder neu zu erstehen.

Wo ich schon mal dabei bin:

Über meinen Vornamen ist interessanterweise zu lesen, dass *Renate* aus dem Lateinischen kommt und vom Wort *renatus* abgeleitet wird.

Übersetzt heißt es so viel wie:

Die Wiedergeborene

…hinterm Horizont geht's weiter …

Auch das Thema Nahtoderfahrung ist faszinierend. Es gibt viele Geschichten und sie haben immer ein schönes Wohlfühl-Ende. Das ‚Drüben‘ sei irgendwie goldleuchtend, schleierhaft, hell, pastell-farbig, paradiesisch und irgendwie mystisch. Manche berichten von einem eher ‚inneren Sehen‘. Alles Humbug? Sicher nicht.

Allerdings erlaube ich mir auch leise Zweifel, so zum Beispiel an folgender Geschichte:

Überschrift in einer amerikanischen Zeitung:

> *Kranke Neunjährige trifft Jesus bei Nahtoderfahrung und ist danach geheilt*

Mit fünf Jahren wurden bei Annabel zwei sehr seltene und lebensgefährliche Verdauungskrankheiten festgestellt, berichtete die Regionalzeitung „Star-Telegram" und berief sich auf das Buch, welches die Mutter dazu geschrieben hatte.

Jahrelang konnte das Kind nur flüssige Nahrung zu sich nehmen und hatte ständig Schmerzen. All das änderte sich schlagartig im Dezember 2011:

Das kranke Kind stürzte zirka 10 Meter von einem Baum herab und war stundenlang ohnmächtig.

In dieser Zeit will das Mädchen Jesus getroffen haben. Als es erwachte, sei es wie durch ein Wunder geheilt.

„Ich sah den Himmel und es war wirklich hell, und ich *sah meine Omi, die ein paar Jahre zuvor gestorben war",*

schilderte Annabel dem US-TV-Sender FOX News,

„und daher wusste ich, dass ich im Himmel war. Ich glaube, dass ich geheilt bin, weil ich Jesus gefragt habe, ob ich bei ihm bleiben kann und dann sagte er:

„Nein, Annabel, ich habe Pläne für dich auf der Erde, die du nicht im Himmel erfüllen kannst. Wenn ich dich zurücksende, wird nichts mehr mit dir falsch sein."

Hm, kopfgesteuert, wie ich nun mal bin, frage ich mich zum Beispiel:

Wie kommt ein schwer krankes und von ständigen Schmerzen geplagtes Kind auf einen Baum? Zehn Meter hoch?

Ich möchte hier auf gar keinen Fall die Schilderungen und Erfahrungen anderer Betroffene als Unsinn abtun, sondern nur die sachliche Frage stellen:

Ist das Phänomen Nahtoderfahrung nun Wahrheit oder Hirngespinst? Können wir ins Jenseits blicken? Millionen von Menschen aus der ganzen Welt und aus allen Religionen berichten unabhängig voneinander über ihre Nahtoderfahrung. Sie berichten davon, eine ,andere Welt' gesehen haben, von einem hellen Licht am Ende eines Tunnels, vom Vorbeiziehen des Films des eigenen Lebens, schwebend den Körper zu verlassen und sich oder die Welt von oben gesehen zu haben. Ein sehr einleuchtendes Wort dafür ist *Entkörperlichung*. Das Wort gefällt mir sehr. Es sagt genau das, was viele Menschen beschreiben. Es erinnert mich auch an den altbekannten Ausruf:

Aus der Haut fahren.

Welch eine Ähnlichkeit der Begriffe.

Zudem erzählen alle Betroffenen von nie zuvor erlebten Glücksgefühlen. Können Millionen von Menschen sich irren? *Ich* glaube an dieses Phänomen. Immer, wenn ich Nahtoderfahrene in den Medien erzählen höre, habe ich den Eindruck, dass ihnen unsere Sprache nicht ausreicht, um den Beschreibungen ihrer Erlebnisse gerecht zu werden. Zudem scheint es schwierig, als Betroffener über die eigenen Erfahrungen zu sprechen. Ich versuchte, drei Personen aus meinem Bekanntenkreis mit Nahtod-Erfahrung zu interviewen. Bei jedem mussten wir die Termine mehrfach verschieben, um sie dann doch komplett abzusagen. Das zeigt einmal mehr, wie tief dieses Erlebnis in den Menschen fährt.

Es gibt übrigens noch ein weiteres Wort, dass ich sehr passend finde. Menschen mit Nahtoderfahrung nennt man auch *Grenzgänger* und genau das waren sie ja auch in ihrem Zustand. Sie hatten eine Grenze erreicht, kurz hinübergeschaut und nun sind sie wieder bei uns - und das ist gut so, denn sonst wäre der Menschheit und der Wissenschaft dieses spannende Phänomen verborgen geblieben.

Neurowissenschaftler beschäftigen sich schon lange damit, den Ursprung solcher Erfahrungen zu erforschen. Vieles lässt sich mit neurologischen Prozessen im Gehirn erklären. Das Gehirn schüttet Opioide aus, um kurz vor Eintritt des Todes vergessene Erinnerungen an die Oberfläche zu bringen

und das Hirn produziert in dieser speziellen Situation Bilder. Warum?

Das wiederum wird mit Fehlfunktio-
nen bestimmter Teile des Gehirns erklärt. Wieso Fehlfunktion? Vielleicht
soll es ja so sein.

Ich finde, dass genau diese Erscheinungen uns gute Begleiter in den Tod sind.
Es kann jeden jederzeit und überall
treffen. Das müssen wir uns bewusst
machen. Doch egal, welch eigene An-
sichten wir haben, wir sollten nicht
werten oder urteilen, nur weil wir es
uns vielleicht nicht vorstellen können.

Ich meine, der Sinn des eigenen Lebens
liegt darin, unsere Identität, unsere
Ziele und Träume zu ergründen und
versuchen, sie zu erreichen und zu leben. Es ist der Weg der Entwicklung
von unserer Geburt bis zum Tod.

Vielleicht ist ein Nahtoderlebnis aber auch etwas Überreligiöses und demnach nicht falsch, Gott mit einzubeziehen. Vielleicht ist er es ja wirklich, der die Menschen zu sich holt und an der Grenze entscheidet, ob sie hinüber gehen dürfen oder noch einmal den Rückweg antreten müssen. So ähnlich wie bei einem Casting. Vielleicht bekommen die Rückkehrer eine Erdenaufgabe. Was könnte das sein? Allen Menschen Bescheidenheit, Nächstenliebe und Frieden nahezubringen?

Wenn das gelänge - Halleluja!
Das wäre dann die gleiche Botschaft, von der vor 2.000 Jahren Jesus Christus gesprochen hat. Ich selbst habe keine Angst vor dem Tod, aber vor dem Sterben, denn ich weiß nicht, wie dies

geschehen wird. Das treibt mich manchmal um. Wenn ich doch an dieser Stellschraube drehen könnte …

2024 - inzwischen sind zwölf Jahre seit dem Tod meines Sohnes vergangen. Was hat sich geändert? ALLES. Es gibt Tage, da geht es mir besser. Na ja - was bedeutet ‚besser‘? Ich habe gelernt - lernen müssen - mit dem Tod meines Kindes zu leben. Doch es gibt immer mal wieder diese dunklen Tage - und die ganz besonders dunklen Tage. Ich erinnere mich noch an Zeiten, da war *jeder* Montag ein dunkler Tag und die Nacht davor ein Desaster. Ich bin froh, dass ich es geschafft habe, nicht jeden Montag schon am Sonntagabend mit Herzklopfen und einer schlaflosen Nacht zu erwarten.

Der 21. Mai jedoch macht mir auch heute noch Probleme. Da hilft keine Ablenkung. Auch bestimmte Festtage gehen nicht spurlos an mir vorbei.

Einer davon ist Michaels Geburtstag. Seltsamerweise drängt sich jedes Mal sein wahrer Geburts*tag*, der 16. August 1966 vor mein geistiges Auge, aber das mag auch an den damaligen und ganz besonderen Umständen liegen.

Dann kommt Weihnachten mit den Erinnerungen an diese gemeinsamen Festtage. Es macht mich glücklich, dass ich sie mit ihm erleben durfte und unsagbar traurig, dass sie so nie wieder sein werden.

Tja - und zu guter Letzt macht mir Silvester sehr zu schaffen, weil ich immer an diesem Tag mein Leben Revue passieren lasse und mit jedem Neujahrstag, der mir gnadenlos die Wahrheit der Zukunft ins Bewusstsein kippt, registriere ich, dass in den nächsten zwölf Monaten wieder alles von vorn losgeht.

Es belastet mich auch, dass ich immer noch so viele Unterlagen von Michael habe. Dafür gibt es doch dieses unschöne Wort ‚Nachlass‘. Bei einer der sehr seltenen Durchsichten fiel mir ein Scheck seines Energieversorgers in die Hände. Guthaben aus der Endabrechnung: 10 Cent. Das hat mich sehr zum Lächeln gebracht. Den behalte ich. Hab' ich nie eingelöst.

Ich schaffe es nicht, die Papiere zu vernichten. Es sind doch Dinge, die er ja einmal in der Hand hatte, die ihm wichtig waren. In großen Zeitabständen und immer, wenn ich die Kraft dazu habe, hole ich sie hervor und berühre sie. Was bleibt mir denn von ihm, wenn nicht das?

Dann sind da noch die Fotoalben. Ich habe sie seit 2012 erst einmal! durchgeblättert. Habe es ein zweites Mal versucht. Das war schlimm. Die Erinnerungen… sie taten so weh.
Hab' es nicht ertragen.
Ertrage es immer noch nicht.
Immer wieder auf's Neue nehme ich wahr, dass da doch noch mehr ist, als die Gegenstände seiner Vergangenheit. Von den Gegenständen seines Lebens sind nun Gegenstände der Erinnerung geworden. Somit ist doch auch die Erinnerung ein Nachlass und *sie* ist der einzige Nachlass, der immer bei uns bleibt.

Zu meinem großen Bedauern sprach mein Sohn nicht gern auf meinen AB. Ich bin deshalb unentwegt damit beschäftigt, den Klang seiner Stimme nicht aus dem Ohr zu verlieren. Versuche immer wieder, sie aus bestimmten Situationen zurückzuhören. Heute habe ich die Stimmen meiner Liebsten auf AB und da bleiben sie auch.

Meine Trauer bleibt eine Lebensaufgabe, aber sie hat sich verändert. Aus meiner Dauertrauer sind inzwischen Stunden, Minuten oder manchmal auch nur Momente geworden. Das werte ich mal als Besserung, als Fortschritt. Diese Auf's und Ab's sind allerdings immer noch zermürbend, anstrengend und rauben mir die Kraft, die ich eigentlich für etwas anderes ein geplant habe. Diese Phasen kommen und gehen in Wellen, plätschern sich mal langsam, mal wie ein Tsunamie an mich heran. Ich kann den Tod meines Sohnes immer noch nicht akzeptieren. Ich kann meine Trauer nicht beenden und das will ich auch nicht.

Die Erinnerungen kann mir niemand nehmen. Sie sind wertvoller denn je, denn sie halten vergangene gemeinsame Ereignisse fest. Ich kann sie so oft wiedererleben, wie ich möchte. Bilder schweben an meinem geistigen Auge vorbei. Genau das führt uns beide - wenn auch nur für Momente - wieder zusammen. Eine kurze gemeinsame Erlebniswelt. Einerseits ist es schön, andererseits schmerzhaft, denn ich muss alles wieder gehen lassen - bis zum nächsten Mal.

Wichtig ist es, sich Erinnerungsinseln zu schaffen, zu bewahren und sie zu nutzen. Das können Gegenstände des Verstorbenen sein, zum Beispiel die Lieblings-CD, ein bestimmtes Buch oder ein Kleidungsstück. Ich trage zeitweise auch heute noch Michaels T-Shirt. Erinnerungen können ein Paradies sein, aber auch die Hölle und so liegen Freud' und Leid mal wieder sehr nahe beieinander.

Ich bin immer noch auf der Sinnsuche. Warum musste er sterben? Warum so früh? Warum so plötzlich und ohne Abschied? Wer hat das so vorgesehen, so entschieden und für richtig befunden? Michael - ein andauernder, nicht nachlassender Wundschmerz. Diese Lücke ist nicht zu schließen und für mich gibt es keine Heilung. Mein Leben ist im wahrsten Sinne des Wortes ver-rückt worden, in einen anderen Zustand, in eine bisher so nie erlebte Gefühlswelt, in eine andere Lebenswelt - in eine Trauerwelt. Ich befinde mich in einer großen Gesellschaft Gleichgesinnter mit all ihren so verschiedenen Facetten und Ebenen.

Fast jeder Mensch fürchtet den Tod und deshalb wird der Gedanke an ihn in der heutigen Gesellschaft oft verdrängt. Das Sterben ist aus dem Alltag verschwunden. Früher starben die meisten Menschen zu Hause im Kreis ihrer Angehörigen und Freunde.
Heute sterben sie oft in Krankenhäusern oder Heimen und wenn's schlimmer kommt: Allein zu Hause -

und wenn's noch schlimmer kommt, werden sie Tage oder gar Wochen später erst gefunden. So erging es mir im eigenen Bekanntenkreis.

Als ich der Person einen Besuch abstatten wollte, sah ich schon unten im Hausflur den übervollen Briefkasten, manches war schon herausgefallen und lag auf dem Boden. Einiges hatte ein Mieter schon auf den Treppenabsatz gelegt. Ich klingelte und klingelte, niemand öffnete. Ich rief die Polizei. Sie ließ die Wohnung öffnen und fand die Person verstorben auf dem Wohnzimmerboden liegen.

Auf die Fragen der Polizisten an die Nachbarn, seit wann sich denn Post stapele und ob ihnen das nicht merkwürdig vorgekommen sei, meinten sie:

„So ungefähr acht Wochen und nein - der Nachbar sei sicher im Urlaub." Später habe ich mich auch gefragt, ob es dem Postboten nicht hätte auffallen müssen. Das hat mich lange Zeit verfolgt. Vergessen kann ich es bis heute nicht.

Was sagt uns nun diese wahre Begebenheit? Wir müssen aufeinander aufpassen, gerade in der heutigen Zeit, in der es so viele Alleinlebende gibt. Da ist das Alter erst mal egal. Jedem kann zu jeder Zeit auch etwas in der eigenen Wohnung geschehen und man schafft es nicht mehr zur Tür oder zum Telefon. Wenn nur jeder auf seinen Nachbarn schaut, ist schon viel getan.

Ja, das Leben endet mit dem Tod und um diesen Gedanken ein ganzes

Leben lang zu ertragen, braucht man eine gute Philosophie. Der Gedanke an Sterben, Tod und eben die Angst davor lähmt viele Menschen. Sie möchten einfach nicht darüber reden. Oft höre ich dann Sätze wie:

„Für dieses Thema bin ich noch zu jung"
oder

„Ich bin doch gesund."
Man möge mir verzeihen, aber wer immer auch mir in Zukunft solche oder ähnliche Antworten geben möchte: Tun Sie es NICHT, sonst schreie ich! Wir müssen die Themen Sterben und Tod in unser Leben holen und der Wandel der deutschen Trauerkultur hilft uns dabei. Trauerkultur bezeichnet die Erinnerung an die gemeinsame Vergangenheit mit den Verstorbenen ebenso wie der persönliche Umgang

des Abschiednehmens.

Trauern gestaltet sich heute individueller und persönlicher, mit erkennbaren Zeichen, die von allen verstanden werden. Dazu zählen neben der Beisetzung alle zugehörigen Feierlichkeiten, wie auch die unterschiedlichen Formen des Abschiednehmens, zum Beispiel einer Trauerfeier. Danach sitzt meist die Trauergesellschaft bei einem Essen noch einige Zeit zusammen, um sich gemeinsam zu erinnern. Im Volksmund nennt man das etwas lakonisch ‚Leichenschmaus'. Ich persönlich vermeide schon immer die Bezeichnung ‚Leiche'. Diese Ausdrucksweise verursacht meines Erachtens - vor allem bei den Hinterbliebenen - eine Gefühllosigkeit und emotionaler Härte und was mich betrifft: Mich schmerzt dieses Wort. Ich benutze gern die Worte *Mensch* und *Verstorbene* in Kombination. So bildet es eine Einheit aus Leben und Tod.

Trauer ist also eine Erinnerungskultur, die das Gedenken an den Verstorbenen bewahrt und es an die nächsten Generationen weitergibt.

Es ist also überaus sinnvoll und hilfreich, die Tatsache der Sterblichkeit zu akzeptieren und für sich einen Weg zu finden, angstfrei damit umzugehen. Wir brauchen eine intensivere Kultur der Wahrnehmung, des Hinschauens und letztendlich auch der offenen Kommunikation mit den Hinterbliebenen. Dass das funktioniert, zeigen uns viele andere Kulturen und warum sollten wir nicht von ihnen lernen?

Nichts ist in Stein gemeißelt.

Haben wir doch Mut zur Veränderung und schauen, wie es uns damit geht.

Natürlich betrifft das auch die eigene Bestattung. Da ist es ungemein hilfreich und auch beruhigend, sich *vor* dem Tode damit zu beschäftigen, Vorkehrungen zu treffen und natürlich auch mit den Angehörigen darüber zu reden. Zu Beginn dieses Buches habe ich ja schon ansatzweise darüber berichtet. Ihre Familie - oder wer immer auch sich später kümmern muss - wird erleichtert sein und es Ihnen im Stillen danken.

Es gibt inzwischen auch so viele interessante Möglichkeiten und Varianten der Beisetzung. Doch egal, für welche Sie sich entscheiden: Letztendlich wird der Körper mit Hilfe der vier Grundelemente Erde, Feuer, Wasser und Luft der Natur zurückgegeben. Folgen Sie *Ihrer* Vorstellung, *Ihrem* inneren Gefühl, *Ihrem* Wunsch, auch wenn er für manche Mitmenschen aus dem gewohnten Rahmen fällt.

Ob Sie nun als Asche im Wasser oder unter einem Baum oder als Leichnam in einem Sarg in einem herkömmlichen Grab landen und auch, wie Sie dahin kommen, entscheiden Sie!

In Cuxhaven, Wremen und Bremen kann es ein Fischkutter sein. In Oldenburg zum Beispiel gibt es ein Bestattungsfahrrad. Damit wird auf Wunsch zum Beispiel der Sarg oder die Urne durch die Stadt gefahren und auch auf diese Weise überführt. Soweit sind wir in Bremerhaven bis jetzt noch nicht, aber ich finde es sehr schön und schon fortschrittlich, dass ein Beerdigungsinstitut inzwischen weiße Limousinen nutzt.

Genauso dürfen SIE entscheiden, *wer* die Abschiedsrede hält. *Sie* können sie sogar selber schreiben. *Sie* dürfen Ihre Annonce selbst formulieren.

Sehr ungewöhnlich fand ich einmal die Überschrift in einer Todesannonce:

Ich kaufe nicht mehr bei netto.

Sie dürfen entscheiden, wie Ihr persönlicher Sarg oder die Urne aussehen soll. Die Bestattungsmöbel und die Bestattungen selbst sind heute vielfältig und bunt. Das sollten sich alle zu Nutze machen.

Ein Sarg gilt übrigens tatsächlich als ein Möbel, eines der ganz besonderen Art und er ist zudem ein Sinnbild für den

Übergang vom irdischen Leben in eine andere Welt. Das Thema Sarg als Möbel zu Lebzeiten hat schon längst Einzug in unseren Alltag gehalten. Schauen Sie mal ins Internet. Sargmöbel als weiterer Schritt zur Enttabuisierung. Ein ganz neuer Ansatz.

Manche Menschen haben keine Berührungsängste und lassen sich sogar Sargmöbel für den Alltagsgebrauch tischlern, zum Beispiel als Wäschetruhe, Sitzbank oder Bücherregal. Interessant? Makaber? Immerhin eine völlig neue Art der Nachhaltigkeit.

Bitte verstehen Sie mich richtig. Auf keinen Fall möchte ich hiermit das Sterben, den Tod und seine Riten veralbern oder ins Lächerliche ziehen!

Ich möchte Sie nur gern einmal zum Andersdenken, Umdenken und mutig sein anregen. Die letzte Ruhe im Sarg darf also auch bunt sein nach dem Motto: Ruhe sanft in Bunt.

Der Sarg allerdings kommt in Deutschland immer mehr aus der Mode. Laut dem Bundesverband Deutscher Bestatter handelt es sich nur noch bei 45,5 Prozent um Erdbestattungen. Wenn ich mich im Bekanntenkreis über Bestattungsformen unterhielt, bekam ich manchmal die Antwort:
„Ich lass' mich verbrennen. Ich will doch nicht, dass mich die Würmer fressen."
Verabschieden Sie sich von dieser Vorstellung. Ein Sarg liegt in einer Tiefe von 1,80 bis 2,00 Metern. In unseren Breitengraden fühlen Würmer sich schon in unterirdischen dreißig bis fünfzig Zentimetern wohl.

Immer mehr Menschen in Deutschland lassen sich einäschern und in einer Urne beisetzen, weil die kleinere Grabstelle auf dem Friedhof weniger Pflege benötigt.

Ich wehre mich allerdings vehement gegen die Behauptung, Urnenbestattungen seien eben billiger. Wer das meint, möge sich mal zum Bestatter begeben und es sich ausrechnen lassen.

Doch für was Sie sich auch immer entscheiden werden, denken Sie nicht immer daran, was die anderen denken, denn: Es ist IHRE Veranstaltung!

Ich kann nur berichten, dass es mir persönlich schon fast Freude bereitet hat, mich intensiv mit der Vielfalt der Möglichkeiten zu beschäftigen und das Wissen, dass das meiste vom Institut geregelt wird, hat mich erleichtert, weil mein Sohn dadurch entlastet wird.

… und was habe ich nun für mich vorgesehen?

Ich werde an einem Ort sein, an dem häufig viele Menschen zusammenkommen.

Ich weiß heute schon, dass ich als Tote bei den Lebenden sein werde - wenn sie lesen, singen, sich unterhalten oder einfach nur da sind. Ich bekomme zwar davon nichts mit, oder … doch?

Diese ungelöste Frage und der Gedanke an diese, meine Zukunft machen mich schon jetzt zu Lebzeiten glücklich und geben mir eine gewisse Gelassenheit.

ICH DANKE ALLEN,

die sich in der schwersten Zeit meines Lebens nicht von mir entfernten, die mich anriefen, besuchten und mir zulächelten, mich trösteten, auch wenn sie Angst hatten, nicht die richtigen Worte zu finden.

Ich bin dankbar,
dass eine liebe Bekannte für meinen Sohn einen Baum gepflanzt hat und ich jedes Jahr ein Foto bekomme.

Ich bin all jenen dankbar,
die mich geduldig durch meine Trauer begleiteten, die mir auch heute noch zuhören, wenn ich von meinem Sohn erzähle,

und sich mit mir an ihn erinnern und seinen Tod nicht totschweigen.

Der Tod meines Kindes wird für alle Zeiten und täglich im Epizentrum meiner Gedanken sein.

Sein eigenes Kind zu verlieren

bedeutet

LEBENSLÄNGLICH

Du bist gegangen
auf eine Reise ohne Wiederkehr.
Tiefer Schmerz hält mich
gefangen,
ich vermisse Dich so sehr.
Es heißt, die Zeit heilt alle
Wunden, diese Zeit -
sie hat mich nie gefunden.
Wie kann sie nur so schnell
vergehen, seh' Dich wie damals
noch vor mir stehen
und kann es einfach nicht fassen,
dass Du mich so früh musstest
verlassen.

Traurig steh' ich oft an Deinem großen Grab.

Niemand kann mir wiedergeben, was ich mit Dir verloren hab'.

DU FEHLST

© 2024 Renate Tibus
Verlag: BoD • Books on Demand
GmbH, In de Tarpen 42, 22848
Norderstedt
Druck: Libri Plureos GmbH,
Friedensallee 273, 22763 Hamburg

ISBN: 978-3-7597-7096-7